柳煙穗　著

好評推薦

起初讀來以為《暮》是個帶點不惜拯救他人成分的小說，結果讀到後面卻不然。生命與死亡、親情與友情、罪者與倖存，作者描繪的文字功力細膩，讓人讀來數度哽咽，不禁思考起自己是否有放不下的執著等著被解開。

——炓子，《負罪》作者

有時候會忍不住這麼想著：要是能夠預知他人死亡，那麼自己會選擇視而不見、還是冒著承受異樣眼光的風險，告知死亡時間並希望對方能好好珍惜最後的時光呢？

主角吳沙華是名能夠預知他人死亡的少女，為了避免人們在死後留下遺憾，她不畏他人流言蜚語、堅持告訴當事人自己所感應到的死期。然而當沙華看見的是自己所愛之人的死亡時，早已習慣這一切的她，真的能坦然面對死亡嗎？有時候，一個人的淡然並非完全釋然，而是情感上必要的麻痺，因為這是面臨生離死別時最好的自我防護機制。

物有執念，人豈無執念，人生在世難免會出現些許遺憾，只因這世上不可能事事盡如人意。很多人認為唯有放下執念才能讓自己解脫、繼續向前邁進，然而這其實不盡然，有的時候執念反而能成為一股動力，使停滯的時間能再次前進。

吳沙華並不像一般小說中的主角那般堅強，但也不軟弱，或許便是如此才格外使人疼惜。她的那份堅強是面對別人時的武裝，因此一旦輪到面對自己的事時，反而更難以承受與釋懷。

和阿倉其他作品比起來，這故事顯得寧淡（？）許多，卻也更縈繞心頭，讓人不禁開始思索作者所欲傳遞的信息。吳沙華小時候遭逢一次重大車禍，那場車禍在十幾年後所帶出的真相是什麼？而吳沙華的執念又是什麼？這些都只能留待讀者仔細翻閱，細細品嚐箇中滋味了。

這一生中，你有什麼無法彌補的缺憾嗎？是來不及完成的夢想、很久沒聯絡的朋友亦或一句沒能及時說出口的話語呢？或許看完這部作品，就能再次明白，為什麼很多人明明曉得遺憾是怎麼一回事、卻還是選擇一步步踏入後悔的深淵。作者點出人們的盲點，進一步演繹一段關於死亡與執念的憂傷故事，在帶出真相的同時亦不忘給予人們最渺茫卻又讓人熱淚盈眶的希望，並於峰迴路轉之時帶給讀者不一樣的震撼與反思。這正也是本書使人深深著迷的其中一項因素吧。

喔，差點忘記，在最後請容許忍耐許久的我對裡頭某名穿著看似搞錯時代的角色說一句最真摯的建言，那就是——

先生，不好意思你錯棚囉。

——燈貓，《緋色輓歌》作者

目次

好評推薦　003
第一章　捎來訊息的黑貓和預知死亡的少女　007
第二章　百鬼遊行　生人迴避　029
第三章　道別不需要勇氣　面對的瞬間才需要　051
第四章　生命中總有些人能讓你義無反顧　067
第五章　難以分辨的活在過去與活在當下　093
第六章　你以為的未必是你真正以為的　117
第七章　萬念俱灰的人不求死　求的是生存的可能　137
終章　在逝去的時間和生命中　不曾改變的愛　163

第一章

捎來訊息的黑貓和預知死亡的少女

完全沒有煞車跡象的拖板車攔腰撞上。

女人弓著背，把用同樣姿勢蜷縮起身體的四歲小女孩緊緊地抱在懷裡，自己則是像塊海綿吸收了所有的撞擊。拖板車頂著轎車一路衝過了路口，直到撞上對街的分隔島，把轎車擠壓到變形才終於停了下來。

被夾在轎車裡的一家人，父母幾乎是當場死亡，小女孩雖然還有微弱的呼吸心跳，但救出的當下也已經失去了意識，情況非常地不樂觀。被送進醫院的小女孩在經過緊急治療之後，轉進了加護病房，由院方持續觀察了三天左右，各方面的數據才漸漸恢復穩定。

小女孩清醒的那一天，有氣無力地眨著她那一雙小小的眼睛，胸口過於強烈的起伏，說明著來自身體的疼痛和周遭空氣的稀薄。她稍稍轉動脖子，向著隔壁的病床望去，這一望，不但看到了那個躺在床上，身上布滿管子的老先生，還隱隱約約看見有個時間正在老先生的附近打轉，算一算，大概還剩三分鐘。

除了老先生以外，小女孩的眼裡還映入了另外一個人，那是一個男人，就站在老先生的病床旁。男人的身材高高瘦瘦的，穿著深色的長袍式唐裝，戴著一頂黑色的紳士帽，還有一副圓形的墨鏡，雖然看起來盡是些奇怪的打扮，但穿戴在他的身上卻意外地適合。

墨鏡遮住了男人的眼睛，看不清楚他的目光，但從各種情況推斷，他應該是正在看著小女孩的。兩個人就這樣凝望著彼此，不知不覺三分鐘過去，老先生病床邊的機器突然發出了激烈的聲音……

那是吳沙華第一次見到唐山，也是第一次「看見」人的死亡。

❖ ❖ ❖ ❖ ❖ ❖

相傳貓有九條命，除了本身擁有的一條以外，其他八條都是搶來的，所以要是在路上碰到了快要死掉的貓，千萬不要看牠的眼睛，否則牠就會奪走你的命，而在這傳說之中，又以黑貓最令人感到厭惡。

人們普遍都說黑貓邪門，說牠的存在就代表著不祥，會帶來凶兆，讓人變得不幸，嚴重一點甚至還有可能會家破人亡。於是人們只要見了黑貓，不管死的活的全都避之唯恐不及，誰也不想和牠親近，不想和牠扯上關係。

但其實黑貓的靠近，不過是在適當的時候，想要引導某些特定的人前往更好的地方而已。牠們無害，也沒有想要干擾任何人的意思，可是這件事，有誰會知道呢？

餐廳迎來了午後的休息時間，所有人都走光了，只剩下吳沙華還在廚房清洗碗盤。後門突然傳來叩叩幾聲，吳沙華先是拿了條毛巾擦了擦手，接著推開了後門探了探，但誰也不在那裡，直到她低下頭，才看到了一隻黑貓。

黑貓的身體一縮，從背部竄出了一團煙，變成了半透明的人形。那人形沒有臉，看不見表情，但仍然聽得出愉悅的情緒：「嗨，沙華！」

吳沙華沒有什麼特別的反應，只是冷靜地眨了眨眼，回應著：「喔，無臉鬼差。」然後轉身繼續清洗水槽裡的碗盤。

無臉鬼差繞到吳沙華背後，有些失望地說：「別這麼冷漠嘛，我難得來，妳不歡迎我嗎？」

「無臉鬼差是為了李爺爺來的。」吳沙華說的是肯定句。

無臉鬼差的聲音聽起來有些驚訝，「沙華已經知道啦！那……想做的事都做完了嗎？如果還沒的話，我可以比說好的時間再晚一點點喔。」他靠在吳沙華的耳邊小聲地說：「黃泉路最近盯得很緊，再加上這也不是預定中的事，本來不應該通融的，但因為是沙華想做的事，我願意為妳讓步、替妳拖延，可是妳千萬不要告訴別人喔！」

「剛剛才知道的，等一下收拾好就會過去了。我不會妨礙到李爺爺和無臉鬼差的時間，所以不需要通融。」說到這，吳沙華正好洗完最後一個碗，她拔掉了水槽內的止水塞頭，由著龐大水流擠過狹小水管的聲音轟轟作響。

「好喔，那我們明天見囉！」無臉鬼差揮揮手消失在空氣中，門外的那隻黑貓也不見蹤影了。

鎖好了餐廳的門之後，吳沙華走上了村子裡最主要的那條大街，位在身後的夕陽將她的影子拉得好長好長，她就這樣踩著自己的影子大概走了五分鐘左右，停佇在李爺爺的家門前。

吳沙華按了門鈴，不久後有個跟她年紀相仿的男孩子出來應門，她一開口就問：「李爺爺在嗎？」

男孩一見到吳沙華就變得驚慌，「吳、吳沙華？妳、妳來我家做什麼，找我爺爺要做什麼？我、我告訴妳喔，我爺爺現在不在，妳別想要見他，我也不會讓妳見到他的！」

李爺爺的孫子會這麼緊張不是沒有原因的，在這裡，吳沙華的存在就宛如那些不祥的黑貓，誰都不想從她那張不吉利的嘴巴中聽見自己的名字，彷彿只要被她點名的人，就會受到詛咒，就會莫名地死去。儘管也有人試圖替她說話，將她的行為合理化，說她只是正好知道一個人即將死去的時間而已，但說著這種話、聽信這種說法的人，也仍舊畏懼著吳沙華帶來的災難。

吳沙華對男孩的無禮一點都不在意，只是一臉正經地交代著：「李爺爺明天下午三點二十一分就要走了，如果有什麼想對他說的話，想和他一起做的事，那就抓緊時間。」

男孩顯得有些不知所措，他氣得大吼：「妳、妳在亂說什麼啊！少在這裡亂詛咒我爺爺！」他拿起一旁的掃把，拚命地揮動，像在驅趕什麼髒東西一樣，「快點走開！走開！離我家遠一點，不然我真的會動手打妳喔！」

吳沙華不為所動，連話也沒多說就轉身離開了李爺爺家，不過大概在她走過了兩條街之後，就碰上了剛好要回家的李爺爺。和他的孫子不同，李爺爺對吳沙華向來都很友善，他邀著吳沙華繞進公園，一起坐在長椅上，還拿了一塊剛買的紅豆餅分給吳沙華。

「爺爺，明天下午三點二十一分就該走了。」吳沙華先把話簡單地說完，然後才咬下了一口熱騰騰的紅豆餅。

「啊——這樣啊。」李爺爺看起來沒有很意外，反而還頻頻點著頭，很平靜地接受了。

紅豆餅實在是太燙口了，吳沙華呼呼地吐了幾口氣，又吸了幾口鼻息，才繼續說：「剛剛已經跟你的孫子說過了，但他聽不進去，發了很大的脾氣。爺爺你回去之後還是好好勸勸他吧，不要什麼事都不做，免得他將來後悔。」

似乎是能預料到自己孫子的反應，李爺爺呵呵輕笑，「反正我死後，妳還是能看到我啊，到時候他想跟我說什麼，想聽我說什麼，妳再替我轉告他吧！」

吳沙華乾脆地回絕：「我不要，就算你死後我還能看見你，聽見你說的話，但由我來告訴他們，他們也未必會相信那是你要我說的。我真的不懂你們，明明我話都已經說得這麼清楚，連什麼時候要走也都交代了，為什麼你們就是不肯趁著還有時間，把想說的話說完，把想做的事做好，跟彼此好好道別呢？有些人，根本連道別的機會都沒有。」

李爺爺一臉慈愛地看著吳沙華問：「那妳有沒有什麼話想跟爺爺說的，有沒有希望爺爺為妳做什麼事？趁著爺爺還在的時候。」

吳沙華輕輕搖頭，「爺爺不用為我做什麼，和你認識的這段日子，你已經對我夠好了，我只希望爺爺的人生不要有遺憾。」

「啊——」李爺爺手上拿著紅豆餅，視線放遠到一望無際的天邊，有些興奮地說：「能知道這個人生什麼時候會結束，感覺挺奇妙的，竟然還期待起接下來要去的地方了。沙華，妳說另外一個世界會不會很可怕，我該做什麼準備才好？」

吳沙華瞥了李爺爺一眼，戳破他，「爺爺不用看天上，你要去的地方不是那裡。」

李爺爺驚得一顫，「啊！那妳的意思是我會下地獄嗎？」他低下頭，突然反省了起來，「我這輩子的確是有做錯一些事，但我都有誠心悔改，應該也不至於十惡不赦吧，這樣還嚴重到要下地獄，天堂那麼嚴格喔……」

「死去的人無論是善是惡，要去的地方都是黃泉，和天堂沒有關係，而且黃泉是每個人都一定要去的地方，這樣想，又有什麼好怕的。爺爺要是能在黃泉過得好，那麼黃泉對爺爺來說就是『天堂』了。」吳沙華悠悠地說著，吃下了最後一口紅豆餅，提醒著：「明天來接爺爺的鬼差雖然沒有臉，不過人還滿好的，所以爺爺不用擔心，儘管跟著他走就對了，如果有什麼問題就直接問他，他都會告訴你的。」

吳沙華起身，向李爺爺鞠躬，「謝謝爺爺的紅豆餅，請你一路走好，再見。」

❖ ❖ ❖ ❖ ❖

李爺爺果然在隔天的下午三點二十一分過世了，分秒不差，準確地。

因為門口顯眼的靈堂，讓出入李家的人變得很多，來來往往之間有不少人是來關心的，但也有不少人是來看熱鬧的。

「都是吳沙華，爺爺會死都是吳沙華害的！要不是她昨天莫名其妙跑來我們家，要不是她說爺爺會死，爺爺怎麼可能會死——」李爺爺的孫子歇斯底里地指著站在遠處的吳沙華咆哮，還好一旁有人及時伸手拉住他，不然以他現在的情緒，可能會直接衝過去狠揍吳沙華好幾拳。

剛放學的吳沙華還背著書包，她遠遠地看著李爺爺的孫子，靜靜地聽著所有衝著她來的咒罵，然後輕聲、緩慢地說了一句：「我這樣讓你看著他罵我，算不算是在告狀？」

「唉——沙華，對不起啊，爺爺想這件事可能來得太過突然，所以我孫子一時之間也不知道該怎麼接受，要是知道的時間能再早一點，能再讓他多緩和一點，也許今天他就不會這麼激動了。」李爺爺苦著臉，一方面對吳沙華感到抱歉，一方面也為孫子的行徑擔憂。

「爺爺是自然死亡，能在二十四小時前得到消息，已經是我能給的所有時間了，如果是非自然死亡的話，消息來得急，事情發生得也快，根本連二十四小時都籌不到。再說，不管花了多少的時間，做了多少的準備，都不會有人真的接受分離的。」吳沙華看著這裡一雙雙忙著打量、看戲的目光，就知道根本沒有一個人認同她向李家告知李爺爺死亡訊息的事，但她不在意，只是淡淡地問著：「不過既然爺爺的孫子不信我，爺爺又是為什麼肯聽我的話？」

「沙華，記不記得兩年前奶奶要過世的時候，妳也有來跟爺爺說過？當然，爺爺得承認，一開始聽了，真的就只覺得妳在胡說八道，還氣得巴不得好好教訓妳一頓，但後來想想，那時候真是多虧有妳這樣的一句話，才能讓我和奶奶把心裡的話全都說了，才能讓我一直陪著她到人生的最後一刻，才能讓我們彼此沒有錯過太多。」一想起李奶奶，李爺爺的言語、表情，甚至是渾身散發的氣息都滿是溫柔。

吳沙華一向不太喜歡面對這種道謝或者太過溫暖的話，她只是又轉了個話題，問著：「無臉鬼差該交代的事都交代好了嗎？」

李爺爺認真地點點頭，像個聽話的乖孩子，「鬼差先生要我先待在家裡，說半個月後會有一場百鬼遊行，要我到時候跟著隊伍一起走就好了，他會在黃泉路口等我。」

「嗯，記得不要逗留也不要回頭，等到了黃泉路口見到無臉鬼差之後，一切就沒事了。」吳沙華留下了幾句提醒，接著轉身就想離開，但在分秒之間，卻又聽見了旁人對她的惡意評論。

「就說那個孩子不吉利，誰要和她扯上關係誰就倒楣！唉唷！她怎麼老是站在那裡不走，是不是還想詛咒誰啊？真是！看了就晦氣！」就怕別人看不見她那副大好人的模樣，住在街口的王媽媽一邊攙扶著李爺爺的孫子，一邊不忘扯著喉嚨用超大的嗓門吆喝著，非得要搶著替李家人出一口氣。

「也不知道仕鴻跟雅娟是怎麼管教孩子的，要是管不了，當初就不應該硬著頭皮收留她，直接送去相關的機構不就好了嘛！看看這十幾年來，這個村子因為她那一張嘴死了多少人啊！再這樣下去真的不行，得找個時間去跟他們夫妻倆好好說一下，不然那孩子實在是太觸霉頭了！」跟著附和答腔的人也不少，而且說話的音量一個比一個還大聲，像是故意說給吳沙華聽的，也像是怕吳沙華會聽不見一樣。

李爺爺板起臉孔，氣得說：「那些三姑六婆什麼都不懂，講話也不經過思考，想什麼就說什麼，真是沒禮貌！」

「我先走了。」那些話吳沙華全都聽進去了，但一個字都沒放在心上，她向李爺爺打了個招呼，就逕自轉身踏上回家的路了。

只是那些輿論並沒有因為吳沙華踏進家門口、關上大門而消失，反而在她去上課的期間，透過門縫悄悄滲透進來了。一聽到開門聲，白雅娟就立刻從廚房探出頭，還踩著碎步急急忙忙趕到了玄關，看著她那副焦躁不安的樣子，就算什麼都還沒有聽到，吳沙華也已經知道她接下來要談論的是什麼了。

「……沙華，媽媽有些話想要跟妳聊聊，可以嗎？」白雅娟的一舉一動都顯得小心翼翼，她盡可能不去傷害吳沙華，盡可能不讓吳沙華感覺不自在，而她之所以會這麼處處都為吳沙華著想，處處溫柔對待，是因為她比誰都還要疼愛吳沙華，比誰都還要在乎吳沙華的感受。

即便，吳沙華不是白雅娟親生的。

「可以。」吳沙華連鞋子都還沒有脫掉，就這樣挺直腰桿站在玄關，等著白雅娟繼續說下去。

「媽媽知道妳看得到、聽得到一些別人看不見、聽不見的東西，可是不管妳看到什麼、聽到什麼，可不可以都裝作沒看到、沒聽到？」白雅娟咬了咬下唇，下垂的雙眼透露著不捨，「媽媽不怕那些人找上門，想對我說什麼難聽的話，媽媽怕的是他們開口閉口都只想著要傷害妳，怕妳走在路上得承受那些媽媽不知道的眼光。媽媽想要的沒有很多，只是希望妳能夠像其他的孩子一樣，過著正常、不受注目的生活。」

「李爺爺看起來很開心，沒有留下什麼遺憾喔。如果我裝作什麼都不知道，他就會失去道別的機會，所以這件事我不能答應妳。」雖然出言婉拒，但吳沙華還是伸出手環抱了白雅娟，「謝謝雅娟媽媽為我承擔這麼多，今天我仍然愛妳。」

白雅娟知道吳沙華從不掩藏想說的話、想表達的情感，因為她比任何人都還要清楚什麼是遺憾和後悔，也比任何人都還要珍惜不斷流逝的時間，所以這樣的回答彷彿是預料中的事，一點都不讓人感到意外。

縱然有些無奈，但吳沙華的告白終究還是讓白雅娟卸下了心裡的沉重，她輕輕地拍著吳沙華的背，坦然地抿起一抹充滿關懷的微笑，順從地點著頭接受，「好，媽媽也愛妳。」

從白雅娟懷中脫離的吳沙華，中規中矩地脫下了鞋子，換上了室內拖鞋，她看著白雅娟說：「我先上去寫功課，晚一點還要去餐廳打工。」

每每村子裡有人過世，白雅娟因為不想讓吳沙華一個人去面對門外那些流言蜚語，總會拚命地把吳沙華留在家裡、留在身邊，但當她看著吳沙華那種不受影響、依然故我的生活步調，卻又不得不放手，強忍著內心的糾結和想要干涉的意念，「……好，妳快去。」

「我回來了。」一進門打招呼的人是魏書恆，他是白雅娟的親生兒子，也是吳沙華從小到大最好的玩伴。他一見到站在玄關的吳沙華，就驚呼一聲：「喔！沙華今天沒有留下來晚自習嗎？」

「我預約了打工，所以提早回來，順便繞路過去看看李爺爺。」吳沙華說得簡單明瞭。

魏書恆卻露出了賊笑，他指著吳沙華，耍著自以為看破一切的小聰明，「其實打工才是順便的，不留下來晚自習是為了去看李爺爺吧！」隨後收起玩笑，揚著溫柔的笑臉詢問著：「李爺爺的事應該很順利吧，還有什麼遺憾嗎？」

代替李爺爺，吳沙華應著：「沒有。」

魏書恆像是在稱讚一樣，一遍又一遍輕輕地摸著吳沙華的頭，說著：「嗯，那就好！」

吳沙華沒有迴避魏書恆的手，而是靜靜地讓他一遍又一遍摸著自己的頭。魏書恆從小就是這樣，儘管年幼懵懵懂懂，儘管連吳沙華都曾經質疑過自己，但他依然用自己的方式為吳沙華加油打氣，依然支持著吳沙華，陪著吳沙華度過每個低潮，走到了今天。

❖ ❖ ❖ ❖ ❖ ❖

李爺爺過世的消息從人們的交談間擴散了出去，不過隨著時間越長、知道的人越多、得到的訊息也越完整的時候，人們在乎的就不再是李爺爺，而是在李爺爺過世前，並非偶然出現在李爺爺面前的吳沙華了。

雖然平常也差不多是這種樣子，但在李爺爺過世滿半個月的那一天，下課的休息時間總讓人感覺特別喧鬧。人潮不知道什麼時候在走廊聚集了起來，他們七嘴八舌討論的盡是先前李爺爺過世的傳聞，一個個的目光全都離不開坐在教室裡的吳沙華。

那些人不顧吳沙華的感受，大喇喇地表現著疑惑、不屑、好奇等等各種不同的情感，甚至還有人刻意高聲談論、誇大肢體，只為了引起吳沙華的注意，想看看她到底會有什麼反應。

「欸，那件事你們都聽說了嗎？之前小李他爺爺過世的時候，好像也見過吳沙華。吳沙華跟他爺爺說了一個下午三點二十一分的死亡時間，然後隔天的下午三點二十一分，他爺爺就真的死了耶！到目前為止，只要被吳沙華設定時間的人，還沒有一個能真的躲過。你要不要試試！你要不要試試！」一個理著平頭的男學生故意說得詭異，還伸手抓著身旁的同學作怪，嚇得大家紛紛躲避。

「不然你去跟她說話啊，隨便說什麼都好，看看她會不會給你設定死亡時間。」另一個男學生也嘻皮笑臉地跟著起鬨，幾乎是把吳沙華當成了校園傳說在看。

平頭男學生輕蔑地說：「哼！我還有大好的人生要過，幹嘛拿我的命去跟她賭啊，又不是瘋了！」

無論外面怎麼吵、怎麼鬧，吳沙華都無動於衷，但在平頭男學生說完這句話之後，她卻猛地站了起來。這一個起身，讓所有的雜音都在瞬間消失，取而代之瀰漫在空氣中的是一股莫名的緊張感。所有人都僵著不動，只是愣愣地看著吳沙華，可是當吳沙華走出座位，向著教室門口走來的時候，大家又你推我擠，急著讓出了一條路。

吳沙華走出了教室，在平頭男學生的身邊停住了腳步，並對上了他的視線，說了一句：「你穿的新鞋子很好看，很適合你。」然後，揚長而去。

平頭男學生一怔，突然抱著頭叫得歇斯底里：「啊——她她她為什麼要說我的新鞋子很好看，很適合我？是不是因為我要死了！天啊——我要死了、我要死了！我還沒活夠啊——」

在隔壁班聽到騷動的魏書恆，一屁股坐在窗框上，悠哉地吐槽著：「笨蛋！哪這麼容易死啊！沙華只是真心覺得那雙鞋子很適合你，想告訴你而已。既然是你要聽的話，那當然是要說給你聽啊，她才沒有那種把話都留給自己的習慣。」接著他使勁地拉著窗框，撐著向外傾斜的身體，微笑著目送走遠的吳沙華。

但吳沙華會離開座位，離開教室，卻不僅僅是因為想要稱讚平頭男學生的那雙鞋子，她一步一步踩著階梯，向著教學大樓的頂樓走去，越靠近頂端，感受到的氛圍就越寧靜，越帶著死亡氣息。她推開了沒上鎖的鐵門，將一個站在圍牆上的身影映入了眼中……認真說起來，應該是「兩個」站在圍牆上的身影，其中一個，是手裡拉著黑色繩索的鬼差。

一見到吳沙華，那個鬼差就睜大了雙眼，皺起了眉頭，看起來不太高興。他揮了揮那隻握著黑色繩索、不太方便的手，驅趕著吳沙華，但他也只能這樣向吳沙華示警了，因為他缺了一隻手，只剩下一隻手了。

斷臂鬼差身邊站著一個女學生，她轉頭看著吳沙華，一張臉上寫滿了絕望，一副身體也為了保住僅有的平衡搖擺不定、晃來晃去。頂樓的圍牆厚度並不足以讓女學生的一雙腳穩穩地站在上面，一旦失了重心，墜樓的機率就是百分之百，而且以吳沙華和女學生之間的距離來看，絕對來不及抓住她。

任誰都看得出來女學生想要做什麼，不過吳沙華卻面無表情，毫不緊張，因為她知道只要斷臂鬼差手上那條黑色繩索還沒有被束緊，就表示女學生自己也還沒下定決心，而這件「即將」發生的事，也會漸漸降低警戒，變成只是「可能」會發生的事，說不定還有機會「不會」發生。

「妳、妳不要過來喔！妳要是敢過來，我、我就跳下去……」女學生的聲音顫抖得很厲害，說什麼想要跳下去不過是因為一時慌張，想要嚇唬吳沙華而已，根本就不是她的本意。

可是那些言語就算無心，也確確實實引發了女學生情緒上的混亂和波動，加深了她因為衝動而貿然行事的可能性，於是斷臂鬼差又將黑色繩索上頭的結，朝著她的脖子往前推動了一點。似乎是一種警告，斷臂鬼差用尖銳的眼神向吳沙華透露著，這條黑色繩索遲早會奪走女學生的魂魄，要吳沙華不要再白費力氣了。

吳沙華無視斷臂鬼差的目光，她專注地看著女學生，問著：「在跳下去之前，妳是不是還有什麼話想說？」

女學生遲疑了一下，一雙眼睛被怯懦填滿，像是在乞求，「……妳、妳想聽嗎？」

「妳說，我就聽。」吳沙華一步一步走近，但她的靠近不是想要幫助女學生從圍牆上面下來，而是逕自倚著圍牆坐下，等著女學生自己下來。畢竟有站上去的決心，那就應該要有自己下來的勇氣。

最後，在決心耗盡，終於被一股恐懼侵襲的女學生，一雙腿軟得再也支撐不住一身的重量，整個人幾乎是從圍牆上面跌下來的。她大概沒想到要從某些地方下來，比上去還要困難，還要令人害怕吧。

也許是從緊繃中完全釋放，跌坐在地上的女學生，嘩的一聲就大哭了起來。她哭得滿臉鼻涕淚水，哭得聲嘶力竭，「我、我的功課不好，考試永遠都不及格，他們罵我笨、欺負我，說像我這樣的人繳學費唸書是在浪費錢，可、可是！我也不是故意考不好、故意寫錯的啊，我真的、真的已經很認真考、很認真寫了啊！」

不被女學生激動的情緒影響，吳沙華淡淡地說：「妳覺得自己很認真，那樣就很好了。」

沒想到女學生沒有因此得到安慰，還更加激烈地吼著：「但他們覺得不好啊！有幾次我好不容易都及格了，可是他們就說我作弊，還把我的書包從窗戶丟了出去，要我自己下去撿。我明明就很努力，都已經這麼努力了，為什麼他們還是不肯放過我？」在吐露出心聲和幾個用力地抽噎之後，女學生的心情緩和了不少，不過原本懦弱的眼神卻變得充滿怨恨，「他們！他們就是想要弄死我，想要看我死，好啊！那我就去死，我一定要他們為了我的死後悔！」

吳沙華瞥了女學生一眼，「萬一他們沒有後悔呢？」

女學生立刻高聲回應：「不可能！他們一定會後悔，一定會一輩子都活在害死我的後悔裡！」

「那萬一妳後悔了呢？」不為那些求死的偏激言語動搖，吳沙華只是撇過頭，平靜地說著：「對他們來說，妳只是一個『他人』，就算妳真的為了報復他們去死，他們還是可以過著自己的人生，但妳，已經沒有人生可以過了。妳以為可以繼續經營人生的他們，會為妳後悔多久？只有那些真正在乎妳、要緊妳的，才會變成妳口中那種為了妳的死後悔一輩子的人。還有，既然妳都有了殺死自己的勇氣，為什麼不乾脆為自己找一條出路，活得更漂亮一點。」

大概是這些話在女學生的心裡產生了作用，她睜著一雙大大的眼睛，直盯著吳沙華看，過了好一會兒才說：「妳……是在關心我吧？是真的希望我不要死的吧？我、我還以為在這個學校裡，根本就不會有人在乎我。」她抓住了吳沙華的手，請求著：「妳願意和我作朋友嗎？」

吳沙華抽回了手，拒絕著：「不願意。」

「為、為什麼？」女學生一愣，那雙什麼也沒抓住的手，就這樣僵在半空中。

「我沒有那種想法。」吳沙華再次瞥了女學生一眼，一確定纏在她脖子上的黑色繩索已經完全消失了，就馬上起身離開。不過在走遠前，又說了這麼一句：「直到真正死去之前，對所有事都用盡全力吧。尋找朋友的這件事也是，真心想和妳作朋友的人，在這個世界還是有的。」

那天，從黑色繩索中逃出來的女學生，在那些人面前好像從傷害自己的姿態，轉變成了保護自己，開始懂得選擇、懂得反擊了。

❖ ❖ ❖ ❖ ❖ ❖

拿著從餐廳買來的兩個便當，吳沙華頂著炙熱的太陽，一個人穿過了操場，向著位在學校側門邊的小花圃走去。她隨便找了個位子坐下，先是打開了一個便當放在身旁，然後拆開了一雙竹筷，好好地架在便當上，之後才打開另外一個自己要吃的便當。

大約一分鐘過後，一隻不知道從哪裡冒出來的黑貓悠悠地靠近，伏趴在吳沙華的腳邊，接著一抹清淡的人形從貓背緩緩地浮現，仔細一看，是剛剛在頂樓見過面的斷臂鬼差。他和吳沙華並肩而坐，看起來似乎有點生氣，「妳現在是在干涉人的生死嗎？」

吳沙華面無表情地應著：「反正你也不是真的想要帶走她。」

斷臂鬼差悶哼了一聲，不滿地說：「這種死法得要她真的跳了，我才有理由可以帶走她啊！像那種跳了還沒死的，老是要推到我們身上，說什麼死不了都是因為我們不收，拜託！當我們是想收就能收的嗎？一個想殺自己的人，要是心裡只是渴望被救、渴望活著，渴望有什麼轉機出現，能夠幫他們擺脫現狀，死意沒有那麼堅決，沒有那麼想死的話，那就算我拉緊了繩子，繩子也會斷掉。命啊，都是自己決定的！」

說完，斷臂鬼差拿起了吳沙華為他準備的便當，放在雙腿上，然後用手掌直接握住一雙筷子，就像是在鏟土一樣，把便當裡的飯菜鏟起來往嘴裡送。雖然他看起來吃得津津有味，但事實上卻常常因為控制不當，筷子都還沒到嘴邊，飯菜就已經掉了滿身，根本連吃都沒有吃到。

吳沙華無意地瞥了一眼，「當鬼差都多久了，還不打算好好練習用左手吃飯嗎？」

斷臂鬼差嚼著口中不多的飯菜，不屑地答腔：「才十年而已，也沒有多久啊，比起妳見鬼見了十三年，我的資歷還算年輕吧！而且我想保留自己的習慣，不想適應現況也不行嗎？哪像妳，一見了鬼就忘了好好過生活，一心只想要干涉別人的生死，干涉鬼差的業務。」

「不是干涉，我只是不想讓他們有遺憾，做了該做的事而已。」吳沙華吃著飯，完全不以為意。

「生離死別、長壽短命，那都是鬼差的事，哪有什麼是妳『該做』的事，再說一個人如果要死到臨頭才懂得珍惜後悔，那人生都白活了，妳還想為他們做什麼？」斷臂鬼差蓋上了吃得精光的便當，雖然有大半都掉在地上。他嚴肅地提醒著：「妳不要忘了唐山的規矩，他現在放任妳不管，不是因為他做不到，而是他不想勉強妳。要是做得太過分，踩到他的底線，即便是妳，他也絕對不會放過的。」

一聽到唐山的名字，吳沙華就停下了動作，她將拿著便當的手放在腿上，望著遠處，靜靜地眨了眨眼，「這件事唐山如果有心想管，也不會放任我十三年了。反正我又沒有耽誤那些真的該離開的人，只是讓他們在時間內把想做的事做完而已。無臉鬼差都懂得通融了，你比他還小氣。」

談起無臉鬼差，斷臂鬼差是一臉鄙視，「那個沒臉的是因為不懂唐山的脾氣，才會說出這種沒腦袋的話。我勸妳少和他混在一起，不然到時候出了事，唐山連妳一起罰，要後悔就來不及了。」

「你擔心我會後悔，所以勸我，那就把我做的事也當成一種勸，只是我勸的是那些即將死去的人，對我們睜一隻眼閉一隻眼吧。」吳沙華說得簡單明確，意思是她不會因為聽了斷臂鬼差的話就改變什麼。

「妳真是……」斷臂鬼差一口氣堵著，正準備大肆教訓的時候，卻被吳沙華給打斷了。

「你是不是也曾經想過，那個時候如果有個像我這樣的人出現該有多好，這樣，也許你就能解開鬼差手上的繩子，不會從那麼高的地方跳下去，也不會因此斷了一隻再也找不回來的手。」吳沙華感受到了一旁斷臂鬼差毫不遮掩的視線，但她沒有接受也沒有迴避，只是繼續說著：「你雖然不喜歡我打擾你的工作，但也不是真心想要帶走那些人，反而看他們能跟著我離開，你還比較輕鬆，因為跳下去之後該有多後悔，你比誰都還要清楚。」

「什麼後悔的事，我早就忘記了。」斷臂鬼差看似說得坦然，若無其事，但黯淡的眼神和情緒卻怎麼樣都藏不住。

「能忘的事很多，但只有後悔是絕對……」吳沙華的雙眼矇上了一層灰，似乎是想起了什麼，連聲音也跟著變得沉重，「忘不掉的。」

可能多少還是心疼吳沙華，斷臂鬼差突然提起：「沙華，如果妳想忘記那些讓妳後悔的事，那就去找唐山吧！這種事大概也只有唐山才辦得到了。」

吳沙華這才轉過頭對上了斷臂鬼差的雙眼，不過剛剛包覆在她身上的凝重感已經不見蹤影了，她是真的打從心底不解地說：「我後悔的事到底是什麼，連我自己都不知道，唐山想要對我做什麼，想要幫我什麼，我也一無所知。再說，我上次見到他已經是十三年前的事了，他避不見面，對什麼事都不肯說明，要我為了忘記不知道的事去找他，根本一點意義也沒有。」

這下子換斷臂鬼差搞不清楚了，他緊皺眉頭，感到有些莫名地說：「既然妳都已經忘記了妳後悔的事，那還有什麼好煩惱的。」隨後露出了不知道是忌妒厭惡，還是羨慕排斥的表情，碎唸著：「剛剛還說什麼『只有後悔是絕對忘不掉的』，這種話，不是很矛盾嗎？」

「問題是，我並不想忘。忘記那個我不應該忘的後悔，是我現在的後悔，我只有記得這個後悔，才有可能找回那個我想知道的後悔。」吳沙華把自己和斷臂鬼差的飯盒收拾好，然後起身，「我要回去教室了，下次還有機會在屋頂和你見面的話，再請你吃飯，但我希望那是很久之後的事，或者再也不會有那樣的機會。」

一個下午過去，已經是放學的時間了。

大家都還在整理書包，魏書恆卻老早就在教室門口等著了。他側身倚著門框，問著迎面走來的吳沙華：「今天要去圖書館，要去打工，還是要去出任務？」

吳沙華搖頭，「哪都不去。今天是百鬼遊行的日子，回家吧。」

「今天是百鬼遊行的日子！」魏書恆驚得瞪大眼，還伸手一把抓住了吳沙華的手，期待地催促著：「那我們趕快走吧！」

在被魏書恆拖著走的期間，吳沙華也不忘提醒：「在遊行結束之前，千萬不可以離開我的身邊，千萬不可以大聲說話，千萬！」

「知道了知道了，在遊行結束之前，千萬不可以離開妳的身邊，千萬不可以大聲說話，免得被百鬼盯上！」像在背誦什麼規則一樣，魏書恆字字句句都說得清楚明白。

縱然魏書恆什麼東西都看不到，但每每到了百鬼遊行的時候，他總是會和吳沙華一起迎接百鬼，一起目送百鬼踏上黃泉。百鬼遊行這種儀式對生人來說其實非常不好，可是敵不過魏書恆的要求，再加上幾年下來都不見魏書恆出現什麼異狀，吳沙華在這件事情的看管上也就越來越鬆懈了。

只是吳沙華這時候還不知道，這樣的放縱允許將會引發多嚴重的後果，也忘了有時候後悔，其實就是在無意間造成的。

兩人邁步經過了操場，吳沙華卻忽地打住了腳步，她下意識地抬起頭，向著行政大樓的頂端望去，但這一望，一雙眼睛就沒有移開過視線。斷臂鬼差正在頂樓俯視著，他當然也看到吳沙華了，只是彼此僅以眼神交流，不多作招呼。

反倒是魏書恆發現了吳沙華的目光有些奇怪，也順勢跟著抬起頭看。雖然他什麼都沒看到，但他知道吳沙華肯定是看到了什麼，頂樓也肯定有什麼他看不到的東西在那裡，於是他向著頂樓揮起了手，漫無目標地。

吳沙華因為魏書恆突來的舉動回過了神，她用力地抓住了魏書恆的手，制止魏書恆繼續揮手，然後不再抬頭，加緊腳步就趕著把魏書恆帶出了學校，不讓魏書恆在斷臂鬼差的視線內停留太久。

但身在頂樓的斷臂鬼差，早就因為魏書恆不知輕重而揮動的手，板起了嚴肅的臉孔。

第二章
百鬼遊行
生人迴避

吳沙華和魏書恆坐在陽台的長椅上，手中各自拿著剛剛順路買的冰淇淋，一人一支湯匙挖著，一口一口地往嘴裡送。夏季的白晝比較長，往往要到了晚上六點半左右才會真的迎來日落，而在那之前也只能安靜地等著，畢竟不到時候，百鬼是不會出現的。

魏家的房子面向南方，西下的太陽從右手邊照射過來，光芒鋪滿了魏家門前那條又寬又長的大馬路，並且一路延伸到看不見的彼端。從四面八方尋光而來、尋光而走的百鬼都將匯集到這條路上，在黃昏之下盡情地、熱鬧地舉辦一場盛大的遊行，直到抵達光源的盡頭，最後沒入黃泉。

這裡，是百鬼遊行的必經之路。

「李爺爺趕上的是今天這場遊行嗎？」魏書恆用力地抿著嘴，好讓冰淇淋加快在口中化開的速度。

「嗯。」相較魏書恆的自在愜意，吳沙華一雙眼睛倒是沒有離開過大街，儘管那裡什麼動靜都還沒有。

「啊——真好，我也想看看李爺爺，看看百鬼遊行的樣子。」大概是仗著百鬼遊行還沒真的開始，魏書恆一點也沒斟酌說話的音量，甚至連內容也越來越不顧忌，「如果哪天我死了，我就可以看到百鬼遊行了吧？但到了那種時候，我可能不只是能看到，還得跟著百鬼一起遊行，一起上黃泉了吧！」

這番話讓吳沙華將望著大街的視線收回，改放到魏書恆的身上，「百鬼遊行有什麼好看的，所謂百鬼，不過就是人最後的執念。進入黃泉之前的遊行紙醉金迷，誰都貪圖陽界最後一分的快樂，但沉迷不走、心起異念的鬼到處都是，你如果知道那些不上黃泉的鬼會變成什麼樣子，能明白百鬼遊行為什麼可怕，就不會想看到他們了。」

魏書恆騰出手握起拳頭，輕輕敲了敲吳沙華的腦袋，「唉唷！妳真的很不懂我耶！我的意思是很羨慕妳可以知道人的生死，可以看到死去的人，還可以在百鬼遊行的時候，見到他們最後一面。」

「這好像不是值得羨慕的事。斷臂鬼差說從我見了鬼之後，就不好好過自己的生活了，而我的生活，好像也真的只剩下見鬼這件事了。」吳沙華說得清淡，她撇過頭，把目光又放遠到那條等著百鬼出現的大街上。

「別想用這種表面上的說法來騙我，妳對那些人說的話，為那些人做的事，早就超過『只剩下見鬼這件事』所包含的意思了。」魏書恆也跟著看向空無一人的大街，他用力地凝著雙眼，好像是希望真的能夠看見什麼，「跟我的生活比起來，我覺得妳的生活有意義太多了，如果給我選，我也要像妳這樣，擁有偉大的抱負，不讓任何人帶著遺憾離開。」

「一個在斷臂鬼差看來多管閒事的人，在你眼裡竟然變得如此偉大，你和斷臂鬼差的想法實在是差太多了。我認同不讓任何人帶著遺憾離開的這件事，但其他的沒有辦法斷論，畢竟你想選的那些，全都不是我選來的。」吳沙華下意識地搖了搖頭，不知道是因為純粹否認，或者是因為心裡感傷。

和魏書恆兩個人單獨在一起的時候，吳沙華好像一直都是這樣，會把藏在堅強之下，對自己產生的某種茫然表現出來，也會說著平常根本不願意說出口的話。魏書恆知道那樣的吳沙華，那也是他一直以來所看見的吳沙華，所以不管吳沙華說了什麼，陷進怎樣的情緒，他總是能輕易地將吳沙華從那樣的困擾中帶出來。

「就算所有的條件都不是妳選的，但妳現在做的，都是妳真心相信是對的，也真心想做的事啊！妳覺得不要讓任何人帶著遺憾離開的這件事很重要，而且還願意全心全意地去付出、去做，那樣不就好了，幹嘛管那個鬼差怎麼想！」魏書恆用輕快的聲音說著，還伸手輕拍著吳沙華的手臂，每一次觸碰都帶著滿滿的信任，「妳做得很好，真的！」

吳沙華沒有應聲，只是安安靜靜地接受著魏書恆的輕觸。

「不過……」魏書恆轉頭望向傳來光源的右方，略略憂心地問：「太陽看起來就快要下山了，百鬼還不出來遊行嗎？我記得妳說過，遊行會在日落的時候結束，但這樣算一算會不會太趕了，為什麼不乾脆早一點開始，非得要選在黃昏這麼尷尬的時間啊？」

「暮，是百鬼遊行之時，是人生盡頭之時，這時候的陽氣最弱，最接近生死之界，是生是死，往往只有一念之隔。對百鬼來說，暮是通往黃泉最好的時機，同時也是他們最好的機會。」吳沙華沒有隨著魏書恆轉移目光，一雙眼睛依然緊盯著大街不放。

「機會，什麼機會？」魏書恆挑著眉，不解地問，但這一題卻沒有從吳沙華的口中得到答案。

越接近黃昏，天色就越暗，但仔細一看才發現，這樣的黑暗並不是因為太陽的西沉，而是因為大片的烏雲擋住了原本應該釋放的光芒。滴答、滴答，嘩啦啦——突來的傾盆大雨讓人措手不及，街上隨處可見為了避雨大步狂奔的人，而那條用來迎接百鬼的街道，也在眨眼間被雨水覆上了一層陰沉的灰，不見半點光輝色彩了。

吳沙華將手伸出了陽台，在攤開手掌接住雨水的同時，透露出些許的不安。她不禁低聲喃喃：「……是陰雨。」

魏書恆忽地起身，靠在陽台邊，對著眼前的光景放聲驚呼：「哇！怎麼突然就下大雨了，那百鬼遊行怎麼辦？」

「噓——」吳沙華立刻意示魏書恆噤聲，然後張手護著他，要他慢慢地從陽台邊往後退，慢慢地移動到自己的身後，儘量不驚動任何人的。

因為魏書恆看不到的那場百鬼遊行，早就在不知不覺間開始了。百鬼在大雨中漸漸現出了身形，他們一邊高歌，一邊跳舞，還不時拍打著穿戴在身上的皮鼓，搖晃著拿在手上的鈴鐺，一路唱啊跳啊地呼朋引伴，引著那些該向著黃泉走去的鬼，也引著那些不該出現的東西。

百鬼，只是一種統稱，他們並非都是同一種類型，並非都有著同樣的目的，也並非全都心存善念。雖然聽從鬼差的命令、中規中矩參加遊行，最後乖乖踏上黃泉的鬼佔了多數，但認真說起來，從中逃脫、流連陽界，用貪圖形體、純粹為樂等等各種理由生擒活人的那些「其他鬼」，也絕對不在少數。

聽說那樣的百鬼會在遊行的時候戲弄和他們擦肩而過的人，不過一旦被百鬼發現你看得見他們，或者對他們有所感應，他們就會毫不猶豫地把你拖走，連軀殼都不讓你留下。至於他們會帶你去哪裡？有人說是他們的藏身處，也有人說是他們死去的地方，雖然正確的說法沒有人知道，但至少能確定的是，他們肯定不會帶你去黃泉。

魏書恆坐在長椅上，時而低頭看看大街，時而抬頭看看雨天，若無其事地挖著一匙又一匙的冰淇淋，裝作一副什麼都不知道的樣子。這是吳沙華交代過的，即便魏書恆看不見百鬼，但為了讓他避開百鬼的視線，不被百鬼盯上，像這樣的做做樣子還是必要的。

另一邊，吳沙華則是大膽地看著遊行中的百鬼，那一雙強烈的眼神很快地就引起了百鬼的注意，不過無論他們是似笑非笑地打量著吳沙華，還是有意無意地誘惑著吳沙華，她都不為所動，只是更加專注地在百鬼中尋找李爺爺的身影。

李爺爺拖著腳步走在遊行的隊伍中，萎靡的精神和半個月前看到的完全不同，整個人也被大雨淋得濕透，看起來非常狼狽。他始終駝著背、低著頭，像是在害怕什麼微微地發顫，不敢抬頭，也不敢看身旁的任何一個百鬼。猶豫不下數次之後，他終於下定決心抬起頭，緩緩地轉動著脖子，想要回頭看，但在真的回過頭前，他卻先看見了站在魏家陽台上的吳沙華。

凝著的一雙眼睛中，不知道帶上了多少的警告和勸阻，吳沙華看著李爺爺輕輕地搖了搖頭，像是在告誡他千萬不能回頭，也像是在威脅他千萬不可以回頭。一看見吳沙華，李爺爺立刻僵著脖子，打住了回頭的動作，他咬著牙，慢慢把視線放回到前方，繼續向著那個被烏雲擋住的夕陽前進，直到無臉鬼差出現在黃泉路口迎接他，他們兩個人才一起從吳沙華的眼中消失。

看到李爺爺順利見到無臉鬼差、踏上黃泉，吳沙華這才鬆了一口氣，她往後退了一步回到長椅邊，和魏書恆並肩而坐，靜靜地等待著遊行的結束。不過吳沙華沒發現的是，她和李爺爺這個微小的互動，已經被某個人看在眼裡，並且悄悄做起盤算了。

❖　❖　❖　❖　❖　❖

日落之後，雨停了，夜晚的天空晴朗得連一片雲都看不到，好像不久前的那場大雨只是一場幻覺，都是騙人的一樣。魏書恆和吳沙華走在剛剛百鬼遊行過的大街上，和百鬼不同的是，就算他們走到了盡頭也只能再次折返，沒有辦法真的踏上黃泉。

「怎麼樣，李爺爺有好好到黃泉了嗎？」魏書恆在空盪的大街上，放心地開口詢問。

「嗯。」吳沙華雖然這麼允著，但卻想著李爺爺在等待遊行的半個月中，恐怕是發生過什麼事，才會讓他禁不住百鬼的引誘，頻頻想要走回頭路。可是李爺爺不知道的是，一旦回頭，駐留的並不是陽界，而是再也無法脫離的飄蕩徘徊，既回不了家也去不了黃泉，只能任由心中的執念拚命地挖掘、將他掏空，最後在執念壯大之後掌控意念，淪為眾多百鬼的其中之一。

魏書恆什麼都不知道，還高興地說：「太好了！這樣妳就可以放心了吧！」

吳沙華沒有附和，只是默默說起：「以前曾經發生過靈體從黃泉逃走的情況，聽說是那個靈體留在陽界的執念太強，硬是把他從黃泉拖了出來，一票鬼差都拿他沒轍，最後還是由唐山親自動手，才把他給抓回來的。可是靈體禁不起執念和唐山的拉扯，再次回到黃泉的時候已經支離破碎了，唐山連要把靈體扣在黃泉，讓他經由修練遁入輪迴都沒有辦法，不得已只好把靈體完全打碎，由他隨意回歸『自由』。」

「妳在擔心李爺爺？」魏書恆有點意外，又問：「妳覺得李爺爺也有這種預兆嗎？可是妳不是已經趕在他過世之前提醒他，讓他把事情都辦好、交代好，沒有遺憾了嗎？」

「人，不就總是在後悔嗎？連死了，也要後悔。」吳沙華呼了一個滿是無奈的鼻息，「我能做的終究還是有限，畢竟我給不了即將死去的人最想要的『明天』。我不知道李爺爺會不會從黃泉逃出來，但怎麼說這種事也曾經發生過，誰敢肯定地說下一個不會是李爺爺。」

「妳想替李爺爺做的、能為他做的，都已經做好了啊！就算他真的從黃泉逃出來了，那也不是妳該擔心的。雖然結果可能不怎麼樣，但妳剛剛也說了，唐山可以把從黃泉逃出來的靈體抓回去，而既然唐山會動手處理，那就表示唐山認為那是他們的事，所以黃泉的事就讓鬼差去煩惱吧！」魏書恆抓著吳沙華的手，刻意跨大了步伐，還大幅度地揮動著雙手，像是想把一身的輕鬆自在都傳染給吳沙華一樣。

吳沙華也跨著大步，雖然步伐間沒有魏書恆那樣活潑，但心裡的壓力的確是減輕了不少。在大街上來回走了幾趟之後，她說著：「回去吧，今天特別安靜，說不定可以好好睡一覺。」

魏書恆用斜眼瞄著吳沙華，癟著嘴說：「就算特別安靜也只是到目前為止而已，還不能算是『今天』，都不知道接下來還會不會發生什麼事。唉——有時候我真希望能把妳的感應關起來，只有幾個小時也好，至少能讓妳真的好好睡覺、好好休息。」

很顯然的，魏書恆的希望是種過度奢侈的要求，因為那天半夜，睡在魏書恆下鋪的吳沙華又只留下了一床棉被，不見人影了。

其實一開始吳沙華是睡在上鋪的，但她為了替即將死去的人爭取更多的時間，就算是在三更半夜得到感應，那也會馬上起床，整理出門。雖然這樣說起來的確是苦了睡在下鋪的魏書恆，要他常常被吳沙華上下床引起的躁動嚇醒，但事實上，真正為此感到困擾的人卻是吳沙華，因為被吵醒的魏書恆動不動就吵著說要和吳沙華一起出門，一個不注意就會鬧得沒完沒了。

為了避免這種無謂的爭執和時間的浪費再次發生，也沒經過商量，吳沙華就果斷地把魏書恆趕去了上鋪，還規定他晚上睡覺一定要戴眼罩和耳塞，隔絕所有光線和噪音，就算真的不小心醒過來，發現吳沙華正要出門，那也絕對不准追出來，否則就要把他直接塞進衣櫥，讓他連上鋪都沒得睡。

吳沙華佇立在醫院前，這棟在白天看起來異常冰冷的建築物，到了晚上卻因為滿滿的燈光，讓它成為黑暗之中最明亮的地方，只是當它越明亮，代表使用的房間、不得不住在這裡的人也就越多。醫院是劃分生死最清楚的地方，雖然對來到這裡的人來說，活著走出去是最基本的期盼，但還是有不少人會在這裡直接死去，然後前往黃泉。

深夜的醫院很安靜，過冷的空調總是讓人忍不住打起一個又一個的冷顫，不過真正令人發寒的究竟是空調，還是其他什麼看不見的東西，誰也不知道。吳沙華走在病房外的通道上，每一個腳步所發出來的聲音都清晰地迴盪著，明確地向著某個病房竄去。

打開房門，最先映入吳沙華眼中的不是坐在病床上，那個一臉發愣的中年男子，而是像隻蜘蛛盤踞在房間的對角上，渾身散發著黑色氣息的獨眼鬼差。獨眼鬼差就如同他的名字一樣，只有一隻左眼能看得見，另一邊的右眼則是完全被挖空，連眼球都沒有。

獨眼鬼差一見到吳沙華，就立刻扯起了一邊的嘴角，對吳沙華揮了揮手，那樣的笑意雖然帶著他的歡迎和喜悅，但卻包含了更多詭異、奸詐的念頭。吳沙華避開了獨眼鬼差的視線，一心只想趕快把事情交代好，然後離開這裡，因為獨眼鬼差是所有鬼差中最不討喜，也是吳沙華最不想有所牽扯的那一個。

坐在床上的中年男子疑惑地看著吳沙華問：「妳、妳是誰啊？」

吳沙華對了對手上的錶，說著：「你明天早上三點五十八分就該走了，如果還有什麼想做的事、想說的話，還是有什麼想見的人，都趕在時間內好好做、好好說，好好見過一面吧。」

中年男子一怔，又是愣了半晌。他指著吳沙華，無法理解地問：「妳……在說什麼啊？」

「你的死亡時間。我是來提醒你的，好讓你有心理準備，能在最後這段時間把那些想做的事全都做完，不要帶著任何的遺憾離開。」吳沙華仔細說明，就怕眼前的男人不相信，會耽誤到他僅剩不多的時間。

帶病住院本來就很敏感，現在又聽到這種不吉利的話，中年男子不禁大聲斥責：「妳是誰啊！我又不認識妳，跟妳也無冤無仇，妳幹嘛突然跑到這裡來詛咒我死啊？我告訴妳，我的身體雖然是有些問題，但這幾天的狀況很好，而且還越來越好，怎麼可能像妳說的明天早上就沒命了！」

吳沙華一貫冷靜地解釋著：「這是迴光返照，為了能讓你有足夠的體力和精神去完成最後的心願，而出現的情況。」

這一聽，中年男子更是氣得放聲大吼：「妳不要在這裡觸我霉頭——」

一名婦女匆匆開門闖了進來，手上提著一個塑膠袋，袋子裡裝著熱騰騰的熱湯。她先是驚慌地看了看中年男子，接著才把目光放到了吳沙華的身上，可是這一見吳沙華，她卻嚇得立刻撲地跪下，連袋子裡的湯灑了滿地也都顧不上了。

婦女頻頻向吳沙華磕頭，說話的聲音也滿是顫抖：「沙、沙華，阿姨給妳跪下！真的是求妳了，拜託妳跟那些鬼差說幾句好話，不要、不要就這樣帶走我的先生……」

吳沙華彎下腰，伸手一把抓住了婦女的手臂，想要扶她起來，但婦女非常堅決，說什麼也不肯起身。吳沙華只好蹲在婦女面前，「阿姨，叔叔明天早上三點五十八分就要走了，趁著還有時間，好好跟叔叔道別吧。」

「不要！不要！」婦女拼了命地搖頭，一個著急還整個人撲到了吳沙華的身上，用力地攫住了她的雙臂，「阿姨給妳錢！阿姨有很多很多的錢！只要妳可以保住我先生的命，妳要多少錢，阿姨全都給妳！」

「妳、妳就是吳沙華？」大概是看了婦女的急迫哀切，也大概是從吳沙華這個名字明白了來歷，原本大發脾氣的中年男子一改態度，瞬間聽信了吳沙華所說的每一句話，還從床上連滾帶爬地跌了下來，一路跪著爬到了吳沙華的面前，不停地磕頭請求：「對、對不起！剛剛是我錯了，妳、妳救救我、救救我吧！我不想死，我還不想死啊！我可以給妳很多錢，只要妳救我，只要妳救我啊！」

「我沒有辦法救任何人，我只能告訴你們準確的時間，讓你們彼此不要錯過太多，不要留下什麼遺憾。對現在的你們來說，比起哀求，抓緊時間更重要，所以行動吧。請把該做的、想做的一切都做好，然後好好離開吧。」吳沙華說完便起身，在夫妻兩人擁抱的哭泣聲中，離開了病房。

❖ ❖ ❖ ❖ ❖ ❖

吳沙華搭著電梯下樓，在一樓大廳經過飲水機旁的時候停了下來，順手倒了一杯滿滿的冰開水，但她也沒喝，只是把那杯冰開水拿在手上，一步一步走出了醫院大門。

喵嗚——

離開醫院還不算太遠，一隻帶著白蹄、叫得淒厲的黑貓就從一旁的草叢裡，朝著吳沙華撲了過來。吳沙華猛地轉身，毫不猶豫地將手上那杯冰得凍手的冰開水向著黑貓潑去，當下，藏匿在黑貓身上的獨眼鬼差受到了刺激，整個人從貓背彈了出來，而那隻黑貓也重重摔在地上，焦躁打滾一番之後就倉皇地溜走了。

獨眼鬼差抹了抹臉上的水漬，還大力地搖了搖頭，把眼窩裡的積水全都甩了出來。這一記暗算來得突然，讓他看著吳沙華忍不住乾笑：「從沒聽說妳對別的鬼差會這樣，為什麼偏偏對我防衛心這麼重？竟然連冰水都拿來對付我。」

「是因為不確定你會不會動手才準備冰水，不然早就拿熱水潑你了。」吳沙華的話說得肯定，一點都沒有開玩笑的意思。

「妳就真的這麼討厭我嗎？」獨眼鬼差邊說邊笑，還張開了雙手，想表示自己對吳沙華的友善。

吳沙華直截了當地說：「不是討厭，但真的沒那麼喜歡。」

「妳說得這麼真心，我會傷心的。」獨眼鬼差裝模作樣地垂下頭，隨後又瞥著吳沙華，偷偷竊笑，「一段時間沒見到妳，還以為妳已經不管這種事了，不過剛剛看到病房裡的樣子，覺得妳真的是比鬼差還像鬼差，人們一見妳就知道死期到了，而且居然還想要拿錢求妳、跟妳買命。怎麼樣，要不要我幫妳跟唐山要個位子，讓妳直接去黃泉工作？這樣，說不定妳可以從這些人身上賺到不少外快喔！」

「你會見不到我，是因為你怠惰，從來就不提前出現替他們引路，不過我沒有覺得你那樣不好，反正我也不是很想見到你，今天剛好碰上，只能說算我倒楣。還有，不要把我跟你們混為一談，我跟你們做的事不一樣，也不會像『你』一樣。」吳沙華在這裡對獨眼鬼差特別強調的，是指錢的事。

獨眼鬼差當然聽得出來吳沙華的意思，他不裝清高，對這種事反倒還坦蕩得很，「妳知道那個人是誰吧？在地方上家大業大，口袋不知道有多深。他有這麼多的錢，夫妻倆也答應妳想要多少就給多少，難道這樣還不夠跟妳買一條命嗎？」

吳沙華聽了，不禁數落：「錢從來就買不到命，你明明比誰都清楚，手腳卻比誰都還要髒，心也比誰都還要黑。面對亡者，你不用心替他們引路，滿腦子只想要欺騙他們、為自己圖利，根本就沒有作為一個鬼差該有的自覺。」

獨眼鬼差訕笑著：「錢買不到命，但可以買到鬼差呀！想到黃泉也是需要過路費的，不往我口袋裡塞點錢，萬一我一時迷糊走錯路、報錯名，那他大概連黃泉都別想去了。再說，鬼差的業務並不容易，比起用心、自覺什麼的，怎麼排除別人不懂的苦衷和難處才是重點，妳又何必對我這麼嚴格呢？」

「買到鬼差有什麼用，還不是一樣會沒命，而且如果你真的這麼講信用的話，就不會被挖掉一隻眼睛了。那個叔叔要是知道來接他的鬼差是什麼德行，恐怕連死了也沒有辦法得到安寧，真是倒楣透了。」吳沙華邊搖頭邊嚷嚷，也不管獨眼鬼差還想說什麼，她理都不理，轉身就走了。

吳沙華到家附近的時候，天空已經微亮了，清晨的街道很安靜，但在灰與白之間也承載著一份莫名的重量，彷彿非要等到天亮了，才能撥去那樣的負擔。吳沙華的腦袋裝了很多雜事，邊走邊想總理不出個頭緒，連身後來了輛大車也沒有發現。

叭——

刺耳的喇叭聲砸碎了凝結的空氣，也搗亂了吳沙華的思考，她的肩膀不自覺地一縮，雙手摀住了雙耳，身體也反射性地向著一旁閃避，可是這一個閃躲，卻讓她踩了個空，不偏不倚地掉進了道路旁的淺溝裡。大車唰地呼嘯而過，縱然很快就駛離了吳沙華的視線，但她卻依舊用力地閉著眼、咬著牙根，怎麼樣也不敢抬頭打量一眼。

直到感覺有什麼東西正在蠢蠢欲動，吳沙華才慢慢睜開了眼睛。她小心翼翼地環顧著四周，但街上空無一人，什麼都看不到。不久後，天空飄起了細雨，一陣昏暗悄悄籠罩，她尋找的身影也在其中漸漸現出了形體，越來越清晰、越來越清晰……

個子高瘦，穿著深色的長袍式唐裝，戴著黑色的紳士帽，還有一副圓形的墨鏡，那個人是——唐山。吳沙華以為是自己看錯了，還刻意揉了揉眼睛、瞪大雙眼用力地看了好幾遍，雖然和十三年前相比，他此刻的臉頰明顯碎了大半，讓人看著心驚，腰間也多繫上了一個看起來破舊，甚至帶著裂痕的茶壺，但這個人絕對是唐山沒有錯。

不在乎自己掉進淺溝的狼狽，吳沙華直盯著唐山，既不解又混亂地問：「唐山，你為什麼會在這裡？」

吳沙華會這麼問，不僅僅是因為這十三年來，她就算想見也不曾真的見過唐山，也因為十三年過去，唐山已經是黃泉的掌管者，不到必要的時候，是不會輕易出現在陽界的。

唐山淺淺一笑，慢慢地向著吳沙華靠近，「我是來找妳的啊。」說完，竟貼上吳沙華，甚至還直接穿透了她的身體。

突來的舉動讓吳沙華一驚，渾身顫慄，她的反應會這麼激烈，是因為一般來說，鬼差只會透過黑色的繩索或者是尖銳的鉤子取走生人的魂魄，他們不會碰觸生人的軀體，而且以個人的意願來說，也不是那麼願意觸碰。吳沙華猛地回頭看著站在她身後的唐山，但卻看到唐山掛在臉上的表情，竟然比她還要驚訝。

「妳……」搶在吳沙華提出質問之前，唐山先是皺起了眉頭，凝著一雙眼睛毫不避諱地盯著，全身上下都散發著一股疑惑的氣息，但在這股疑惑之中，卻又帶著幾分莫名的驚喜和戲弄，讓人難以捉摸。

「沙華——」一陣呼喚忽地從遠方傳來，它劃破了吳沙華和唐山之間的矛盾與緊張，也消去了唐山對吳沙華的注意力。

唐山向著傳來聲音的方向望了一眼，隨後又把目光放回到吳沙華的身上，他看著吳沙華微微一笑，有意無意地留下了一些訊息之後，形體就緩緩淡去，在日出乍現的瞬間失去了蹤影。

而那場細雨，也停了。

在唐山消失之後，強烈的感應也隨之而來，倒數的時間衝撞進了吳沙華的思緒裡，有時候是三個小時，有時候是五個小時，它不斷地跳動、不斷地改變，沒有一個定數，也遲遲等不到它穩定下來。吳沙華有點慌張，因為她從來沒有碰過這種情況，不過真正令她感到混亂的不是時間，而是那個在她腦中慢慢印出輪廓、姓名，即將死去的人。

剛剛喊著吳沙華名字的那個人，從街道的彼端奔著腳步而來，他一見到吳沙華站在淺溝裡，就急得伸手抓住吳沙華，想讓吳沙華藉此支撐爬出來，「妳怎麼掉進水溝裡了，有沒有怎麼樣？」

「我……有車……喇叭……」吳沙華一直盯著魏書恆看，已經是一片空白的腦袋，只能勉強拼湊著零碎的單字，講不出一個完整的句子。

「有車子按了喇叭，嚇到妳了。」聽到幾個關鍵字，魏書恆自然而然就理解了事由。他把吳沙華弄出淺溝，看了看前後的路，「不用擔心，這裡沒車了，我陪妳一起走吧！我們先回家吃早餐，媽媽有交代，叫妳吃飽先睡一下，我去學校替妳請半天假，等妳睡醒再去。」

每次只要吳沙華半夜出門，遇上了需要上課的日子，白雅娟就會讓魏書恆先去學校幫吳沙華請假，然後要吳沙華在家裡好好睡覺，等休息夠了再親自送她去學校。這是魏家一直以來的習慣，是對吳沙華的包容和疼愛，也是他們對吳沙華所做的事，全心全意表現出來的支持。

只是吳沙華現在什麼都聽不進去，她那雙看著魏書恆的眼睛漸漸呆滯，身體也越來越僵硬，一顆心臟更是跳得激烈，就像是處在極限邊緣，隨時都會停止一樣。在她心裡有無數個問號，有無數個不明白，而那些宛如死結的東西纏得越緊，她抓著魏書恆的力道就越大越重。

那個感應不到明確的時間，但肯定即將死去的人——是魏書恆。

❖ ❖ ❖ ❖ ❖ ❖

一看到魏書恆帶著吳沙華回來，白雅娟就急忙往裝著麥片的碗裡倒上牛奶，「沙華回來了，快點過來吃早餐，書恆也是。麥片都幫你們沖好了，桌上有堅果，冰箱也有切好的水果，想吃什麼就自己加。」

魏仕鴻也是一聽到動靜就立刻收起了手上的報紙，抿著微笑看著吳沙華說：「沙華整個晚上都沒睡一定很累，吃完早餐就先去睡覺，爸爸午休時間會趕回來送妳去學校，妳在家裡等我就好。」不過一轉頭對上魏書恆，他卻嚴肅了起來，「書恆你的動作要快一點，吃飽趕快去樓上把你的東西拿下來，等一下跟爸爸一起出門。還有，沙華的請假單要記得帶，到了學校之後的第一件事，就是要先去幫沙華請假，知不知道！」

「知道知道，這種事我都不知道做過幾次了，哪還需要你提醒啊！」魏書恆從冰箱拿出了水果切盤，先是挑了幾種吳沙華愛吃的水果放進她的碗裡，接著才開始挑選自己要吃的水果，「不過爸，中午我回來接沙華就好了，這樣你就不用再跑一趟啦！」

魏仕鴻想也沒想就拒絕：「不行，我不放心！」他看著吳沙華，馬上又出現那種和對待魏書恆截然不同的寵溺，「沙華啊，妳就在家裡等爸爸回來，爸爸會送妳去學校，還是妳想要媽媽中午回來接妳？剛剛媽媽也說打算中午要回來，如果妳比較想要媽媽送妳去學校的話，那不然就等媽媽回來，這樣好不好？」

打從在街上遇到魏書恆開始，吳沙華的目光就一直沒有離開過魏書恆的身上，這種情況即便是回到家、坐上餐桌也相同，連早餐她也沒有什麼心思吃，碗裡的麥片放著放著就全都泡爛了。她放下湯匙，不再動桌上的任何早餐，「謝謝仕鴻爸爸，謝謝雅娟媽媽，不過你們中午不用特地回來接我，我等一下跟書恆一起去學校就好了。」

白雅娟和魏仕鴻互看了一眼，輕聲地勸著：「沙華，妳在外面待了一整晚都沒有好好休息，妳聽媽媽的話，留在家裡睡覺，讓書恆先去學校幫妳請半天假，媽媽中午再回來接妳，好不好？」

吳沙華起身，給站在身後的白雅娟一個擁抱，「謝謝雅娟媽媽，但我想跟書恆一起去學校，而且還有仕鴻爸爸送我們去，所以請妳不用擔心。今天的早餐很好吃，可是我吃得不多，對不起。」

「沒關係，媽媽知道妳累，有吃就好了。」白雅娟也抱著吳沙華，還輕輕地撫著她的頭髮，「可是媽媽就是怕妳太累了，所以才想要妳留在家裡睡覺。」

「謝謝雅娟媽媽，我沒事，今天我依然愛妳。」吳沙華離開白雅娟的懷抱，繞過餐桌也給了魏仕鴻一個擁抱，「謝謝仕鴻爸爸，今天我也依然愛你。」

魏仕鴻藏不住笑，他輕拍著吳沙華，臉上盡是寫滿了對吳沙華的疼惜，「好好好，爸爸也很愛妳，今天是怎麼了，這麼愛撒嬌。既然妳想去學校，那爸爸就帶妳跟書恆一起去，不過妳早餐吃得這麼少，要不要爸爸幫妳準備一些零食，不然離中午還有一段時間，妳到學校之後可能會肚子餓。」

「沒關係，我如果肚子餓會自己去買東西吃。那我先去樓上整理了。」吳沙華看著魏書恆說：「書恆，我會把你的東西一起拿下來，你慢慢吃。」猶豫躊躇不斷在心裡發酵作祟，讓她上樓前又不禁打住腳步，喃喃著：「吃多一點、吃飽一點……」

魏仕鴻和白雅娟會一直想要攔著吳沙華在家休息，是因為怕她太疲累，沒有辦法集中精神好好上課，可是吳沙華到了學校之後，不但沒有任何的睡意，還展現了驚人的專注力，雖然這些專注力也不是針對課業就是了。

吳沙華和魏書恆不同班，正因為這樣，她才更加警戒魏書恆在隔壁教室裡的所有動靜。要是在上課中，她就時不時找藉口跟課堂老師要求要出去，然後在經過隔壁班的時候，一再地確認魏書恆的生死安全，而一到了下課時間，她更是馬上到魏書恆的教室外面站崗，絕對不讓一雙眼睛離開魏書恆一秒。

但不湊巧的是，魏書恆今天的第三、第四節是體育課。吳沙華現在只知道要來帶走魏書恆的鬼差是唐山，可是具體的時間、地點，甚至是魏書恆即將發生的情況，她全都不清楚。她擔心萬一魏書恆在離開她的視線期間碰上了唐山，以唐山的手段和能力，不要說阻止，說不定等她趕到魏書恆身邊的時候，會連個鬼影都看不到。

所以，吳沙華就乾脆翹掉自己的課，跟著魏書恆一起到球場上體育課了。

原本應該是場熱烈刺激的躲避球賽，不過在吳沙華銳利的目光之下，不管是投球的人還是閃球的人，全都變得緊張兮兮。大家都知道吳沙華古怪，就算對她翹課的事指指點點，就算是體育老師親自出馬趕人，她也不為所動，球場上的人時不時就無言對望，人人在乎吳沙華比在乎球的位置還要費心，連想要認真丟個球都沒有辦法真的加重手勁。

趁著一個不注意的空隙，拿在對方手上的球向著魏書恆飛了過去，吳沙華見狀立刻衝進了球場。雖然她緊緊地抱住了魏書恆，替魏書恆擋下了那顆球，但她也在被球打中的同時失去了重心，和魏書恆兩個人重重摔趴在地上。

體育老師實在是受不了了，他大聲地吹著哨子，氣呼呼地走進球場，指著吳沙華就是一陣教訓：「吳沙華，妳幹什麼！妳翹課，不回去自己的班上上課就算了，現在還中途亂入球賽，想犯規啊！」

魏書恆幫著身旁的吳沙華起身，但一抓手，竟發現她的手掌擦出了一大片的傷口，魏書恆大呼一聲：「老師！沙華受傷了，我先帶她去保健室喔！」然後就趕緊拖著、拉著吳沙華離開了球場，完全無視體育老師的嚷嚷和抱怨。

保健老師放著空蕩蕩的保健室不管，不知道又跑到哪裡去了。魏書恆仔細地翻著一個又一個的抽屜，打算先把所有需要的東西全都放到鐵盤上，等一下替吳沙華清洗、包紮傷口的時候才不會手忙腳亂。

「會有點痛喔，妳忍耐一下，不過要是真的忍不了的話，那就跟我說一聲。」說完，魏書恆就專心地清洗著吳沙華手上的傷口，邊做事，還忍不住邊嘲笑：「哪有人像妳這樣打躲避球的啊，直接從外場闖進來，難怪體育老師都要說妳犯規了！我跟體育老師商量一下，下次叫你們老師調課，和我們班打一場吧……」他挑挑眉、帶著笑，小聲地說：「不用擔心，我會當妳的暗樁，幫妳贏球！噓——」

吳沙華發著愣，沒來由地問了一句：「書恆，今天的早餐好吃嗎？」

「嗯，好吃啊！媽媽知道我喜歡吃麥片當早餐，所以才特地準備的不是嗎？」魏書恆隨性地搭著腔。

「你一直想買的那本書，買到了嗎？」吳沙華又說了一句八竿子打不著關係的話。

儘管如此，魏書恆也不疑有他地回應著：「還沒，我們下午請假，然後一起去買吧！」他在纏著傷口的繃帶上打了一個完美的結，接著抬起頭，用一個笑臉去面對吳沙華，「在我要走之前。」

吳沙華一怔，靜靜地看著魏書恆沉默了幾秒，「你知道。」

魏書恆大大地吐了一口氣，渾身鬆懈，「呼——原來真的是我啊！我是看妳的樣子猜的，不過平常妳都怕別人的時間不夠用，怕他們會來不及把事情做完，所以總是拚命地替他們爭取時間，為什麼一換成我，就不願意在第一時間告訴我了？」

「我……我……」吳沙華的眼神閃爍，結巴得很厲害，說不出個所以然。

魏書恆制止了吳沙華凌亂的思考，安撫著：「沒關係，那就現在跟我說吧！我什麼時候要走？」

「……我不知道，我看不到你離開的時間。」吳沙華據實回答，但這個回答對她來說非常艱難。

「所以妳才會一直跟著我啊！」魏書恆恍然大悟，語調雖然是輕快的，但面容還是難免沉重，「我隨時都會走，是嗎？」見吳沙華點頭，他又說：「那我們請假回家吧！我們先一起去買書，順便吃個冰好了，然後等爸媽下班回家，再一起吃晚餐、說說話。我想想看還有什麼……」

吳沙華忽地提醒：「萬一等不到仕鴻爸爸和雅娟媽媽下班呢？」

「也是，那就先打電話叫他們回家吧！」魏書恆故作堅強地抿著笑，可是身體卻不自覺地微微顫抖，「我現在，突然好想見他們。」

深怕魏書恆會先被恐懼佔據，沒有力氣趕在那個未知的時間之前完成心願，吳沙華用力地握緊他的手，帶著他離開了保健室，一起踏上了回家的路，領導著他去見他此刻最想見的人。

第三章
道別不需要勇氣 面對的瞬間才需要

從明白事情的原由之後，白雅娟就一直不能接受，她哭得心碎心慌，哭得歇斯底里，開口閉口盡是抵抗排斥，聲聲喚喚都是對魏書恆的留戀。屋子裡總是反覆迴盪著她脫口喊出的「不要」，直到天都黑了，夜也深了，她已經累得無力再阻撓掙扎了，才終於昏昏睡去。

魏書恆和吳沙華並肩坐在陽台的長椅上，手上一人一杯魏書恆愛喝的熱柚茶，只是喝了茶暖了身體，卻怎麼樣都暖不了心。魏書恆輕皺眉頭，不太能理解地問：「爸媽一直都很相信妳說的話，也知道妳說的那些話、那些事都一定會發生，可是為什麼當我們自己碰上的時候，他們反而沒有辦法冷靜面對呢？」

「書恆，有句話是這麼說的，事情發生在別人的身上叫正常，發生在自己的身上就叫無常。雅娟媽媽會不會恨我？」剛剛吳沙華一直守在房門外，不去打擾魏書恆和他的父母道別，但是白雅娟撕心裂肺的哭聲卻穿透了牆壁，始終在吳沙華的心裡揮之不去。

魏書恆笑著反駁：「不會，媽媽知道這就是妳在做的事啊！妳現在不告訴她，等到我真的死了，她才會怪妳為什麼不一開始就跟她說吧！」

「反正不管怎樣都要被怪罪。」吳沙華下垂的雙眼，染上了些許黯淡。

「沙華，不久後，我也會在那裡遊行嗎？」魏書恆伸手指著魏家大門前，那條由盞盞路燈點亮的大街，他口氣愉悅地說：「如果我在遊行的時候找到妳，一定會跟妳揮手，妳要記得我遊行的時間，回來這裡等我，要記得好好看著我上路喔！」

吳沙華順著魏書恆手指的方向望去，「百鬼遊行充滿誘惑，我不多求，只希望你能順利踏進黃泉就好。」

這樣的話傳進耳裡，卡在心裡，魏書恆對離去這件事好像慢慢開始感到緊張了。他用力地抿著唇，擠出一個淺笑，問起一些跟吳沙華有關的事，因為他怕現在不問的話，就再也沒有機會問了，「沙華，妳還記得妳是從什麼時候開始看得到鬼的嗎？」

「我沒什麼印象。」儘管吳沙華始終維持著同樣的姿勢，僵著身體不動，但動不動就飄移打轉的眼球，還是暗藏了不少細小的情緒，「小時候，只要碰到那種特殊狀況的人，就算我的年紀還小，連話都還說得不清不楚，那也是一直纏著對方不放。一開始雅娟媽媽還搞不太懂我為什麼會這樣，幾次下來找到了規律，就明白了我跟其他人不太一樣。雖然她是說我從小就看得到鬼，就能感應到人的生死，但我想我應該是在發生車禍，從醫院醒來之後才看得到的。」

「為什麼這麼說，難道妳還記得車禍的事嗎？」魏書恆聽得專心，不知不覺也跟著正經了起來。

吳沙華搖頭，「車禍的事早就不記得了，我問過雅娟媽媽，但她可能是怕我傷心，也怕她自己會想起我的爸媽吧，所以一向不太喜歡把事情說得太詳細。我會覺得我是從醫院醒來之後才看得到鬼，是因為我記得我醒來之後看到的那個人，嗯……應該說我記得我醒來之後看到的那個『鬼』才對。」

魏書恆費力地思考，將吳沙華話中的蛛絲馬跡一一整頓，「妳會這麼肯定小時候在醫院見到的那個是鬼，是因為後來還有見過他嗎？確定長得一模一樣，確定小時候看到的，跟後來看到的是同一個？」

「離開醫院後，我有好長一段時間都沒有再見過他了。」吳沙華按著今天早上見過唐山的事沒說，稍稍停頓了一下，「不過我有沒有見到他根本一點都不重要，因為從我來到你家之後，我能見鬼、能感應到生死的事已經不知道證實過幾次了，哪裡還需要靠見到他來證明。」

「是這麼說沒錯，但如果能掌握到妳一開始見到鬼的時間，也許就可以知道妳為什麼能感應到人的生死。這件事不可能莫名其妙發生，妳會這樣，可能跟那場車禍有什麼關係吧。」魏書恆的腦袋打了一個大結，怎麼樣也想不出個所以然。

在這個時間之下，只要是魏書恆想知道的、想談的，無論是什麼，吳沙華都願意說，但關於這種突如其來的探究，還是讓她不明所以地反問：「為什麼突然想知道我能感應生死的原因？」

魏書恆一個鼻息，充滿了憂愁和擔心，「沒什麼，雖然知道妳會為了這些事東奔西跑，都是因為妳不想要別人留下遺憾，可是我也想過，如果妳從來就不知道這些事，不用時時刻刻為了別人去操心的話，那妳的人生會不會更快樂一點。像現在，事情發生在我的身上，妳要面對我、要面對爸媽也是很為難吧！沙華，我怕我不在了，妳找不到人可以繼續支持妳。」

「……我可能只是想要把遺憾填滿吧。」吳沙華說得簡單，但魏書恆最後說的那句話卻像根利刺插進了她的心裡，讓她在字字句句間都挾帶了大量的低落感，一點也不輸給魏書恆對她的憂愁和擔心。

一整天下來，吳沙華和魏書恆的相處雖然看似平常，但看在魏書恆的眼裡，她的一舉一動其實已經完全偏離她原本的樣子了。如果要說道別，應該會有很多說不完的、急著想說的話才對，可是平常想到什麼就說什麼，絲毫不隱匿心情的吳沙華，卻在知道魏書恆即將離去的事之後，明顯沉默了不少。她除了被動地回答魏書恆提出的問題以外，其他的什麼都沒說，看起來一點都沒有想要和魏書恆道別的意思。

魏書恆大概是知道吳沙華即便不像白雅娟那樣反應激烈，但也絕對不會是坦然接受，於是又主動問起：「沙華，知道我要走了，妳會難過嗎？」

吳沙華轉頭，很認真、很認真地看著魏書恆，好像是想要把自己映入他的眼裡，也好像是想要把他映入自己的眼裡，真誠、懇切地。不過吳沙華依舊沒有太過特別的情感表現，只是淡淡地說：「是有點複雜，但我不確定那是不是叫難過。如果你的時間真的到了，那好好送你到黃泉，就是我現在最希望能做好的事了。」

「那妳沒有什麼話想要跟我說嗎？我知道在我真的跟上遊行、踏進黃泉之前都還可以見到妳，還可以跟妳說話，所以就算我死了，我們也不會馬上就分開，可是以『人』的身分來說，今天可能是我們最後一天見面，妳不打算跟我說點什麼，好好跟我道別嗎？還是說，妳對我無話可說啊，哈哈……」

或許是這一刻死亡還沒有真的來臨，也或許是和吳沙華談得越多就越放心，魏書恆稍早前感受到的緊張不但緩去了不少，甚至現在也還能這樣跟吳沙華輕鬆說笑，還能對吳沙華的言語、行為和反應表現出期待了。

不過和魏書恆不同，吳沙華無法這麼隨性恣意，她安靜地想了想，嚴肅謹慎地說：「如果道別，只能讓我跟你說一句話，那我應該要跟你說什麼好呢？」

「妳可以不止只說一句話啊，我們從小一起長大，一起經歷過這麼多事情，怎麼可能只用一句話來道別！不管妳跟我說了什麼，我都會好好聽、認真聽，而且一定都會好好記得。」魏書恆俏皮地伸出手護在耳朵邊，做好了傾聽的準備。

「一個人真的能記得的東西太少了，除了我以外，你還要記得仕鴻爸爸的道別，記得雅娟媽媽的道別，還有你的好朋友、那些曾經對你好的人，而除了人以外，你還要記得很多你想記得的事、印象深刻的事，你想記得的東西、美好的回憶。」吳沙華伸手輕輕握住了魏書恆的手腕，要他放下，「我說得太多，你記不住，要怎麼樣留下一句就算你不刻意聽、不刻意記下，也能讓你真的記得我的話，那才是最重要的。書恆啊……」

吳沙華一聲輕喚，卻硬是把什麼話哽在喉頭，沒有說出口。

魏書恆並不勉強吳沙華，反倒是用一個微笑包容了所有，還為了不讓吳沙華陷得太深，轉換了話題，「不過從早上到現在都已經過了好幾個小時了，妳還是沒有看到我要走的時間嗎？」

「沒有。」吳沙華能見的時間仍然是個亂數，它時而長、時而短、時而打住，時而甚至還會消失不見，讓人捉摸不定，沒有辦法理解魏書恆真正離去的時間。

魏書恆不禁開起了玩笑：「妳會不會是當機了啊？」

「我也希望是我當機了，但我真的看見了，看見……」吳沙華一閉眼就看到那個人近在眼前的模樣，看得越仔細，纏繞在她身上的感覺就越緊繃。她刻意壓低音量，沒讓魏書恆聽見，「唐山。」

❖ ❖ ❖ ❖ ❖ ❖

天才剛亮，這個屋子裡的人卻全都醒了。魏書恆早起睜開眼，是想確認自己還在不在，而其他三個人早起睜開眼，則是想確認魏書恆還在不在。

魏仕鴻和白雅娟在短短半個小時內，一連進出房間不下數十趟，幾乎每兩分鐘就要進房確認魏書恆的呼吸和心跳一次。儘管當下對魏書恆的生命跡象是肯定的，可是只要一從魏書恆的身邊邁開腳步，驚慌懼怕的壓力就又會襲捲而來，他們總為了那幾秒的間隔心驚膽顫，總擔心著是不是只差這幾秒，他們就會永遠錯過魏書恆。

相較之下，吳沙華的確認就簡單多了。早在魏仕鴻和白雅娟第一次進房的時候，吳沙華就醒了，等他們兩個人退出房間之後，吳沙華就伸手拿起放在床邊的長棍，對著上頭的床板敲了幾下，睡在上鋪的魏書恆大概也是被魏仕鴻和白雅娟吵醒了，因為不出三秒，他就立刻握拳輕敲床板，回應了吳沙華的訊息。

吳沙華把手裡的長棍放回到原本的位置，然後就像平常一樣，安靜地和魏書恆一起賴床，一起分享著起床前的片刻寧靜，誰也不打擾誰。對吳沙華來說，只要這麼確認過一次，只要確認魏書恆此刻還活著，和她迎接了同樣的清晨，那樣就很足夠了。

白雅娟今天準備的早餐把整個餐桌都放滿了，主食依舊是魏書恆最喜歡的麥片，但除此之外，還有一些類型不同的清粥小菜和吐司果醬。白雅娟坐在魏書恆身邊的位子，雖然她面前也放了一碗麥片，不過卻怎麼樣都不見她吃一口，她只是緊緊地握住了魏書恆空閒的左手，留意著魏書恆的一舉一動，關心著魏書恆的胃口和食慾。

這一天，白雅娟和魏仕鴻不去公司了，連帶還幫魏書恆和吳沙華一起請了假，誰也不急著踏出這個屋子的大門。在吳沙華預見的事成真之前，在魏書恆真的死去之前，這屋子裡的人恐怕是沒有辦法再順著生活的軌道繼續下去了。

「看我們家書恆吃得多好啊！你長大之後，媽媽都忘了能看著你好好吃飯是一件多幸福的事了。」縱然表現得一臉欣慰，但白雅娟的眼角始終噙著淚，嘴邊的笑看起來有多愉悅就有多悲傷，「我們好久沒有一起出去吃飯了，中午就出去吃吧，大家都一起去！先找個地方逛逛，然後去吃飯，下午再順便去買菜，看書恆想吃什麼，沙華想吃什麼，媽媽都做給你們吃。啊！要不然明天去海邊走走吧！還是想去爬山？去哪裡都可以，只要我們一家人能一直在一起就好了！」

白雅娟脫口而出的每一字每一句，全都有著無盡的恐慌，但那樣的恐慌有多巨大，她對命運的抵抗和反駁就有多強烈。她自以為只要把行程排得很滿，這樣就可以拖延時間，自以為只要用這種方法不讓魏書恆離開她的身邊，魏書恆就不會死了。

不過這樣的「自以為」，似乎真的發生作用了。

吳沙華從坐上餐桌就一直看著牆上的時鐘，魏書恆也發現了，他趁著白雅娟起身收拾的時候，倚靠在吳沙華的身邊，一根手指不停打轉畫著圓，小聲地問：「沙華，妳還是沒有看到我的時間嗎？妳過去預見生死最多是在二十四個小時前，現在都已經超過了，會不會是真的當機了？」

「我不知道，可是我昨天沒有在家裡看到任何鬼差。」吳沙華轉了轉眼珠，飄著視線四處看了一下，「現在也沒有鬼差在家裡。」

「說不定真的是妳弄錯了，那我趕快跟爸媽講，免得他們一整天都在擔心，壓力一定很大。」魏書恆一個轉身就想向白雅娟開口解釋，但趕在那之前，卻又先被吳沙華一把抓住。

「你以為現在跟仕鴻爸爸還有雅娟媽媽說是我弄錯了，他們會相信嗎？他們可能會以為是我們想要安慰他們才說謊的。」吳沙華雖然的確有這一層上的顧慮，不過真正讓她忌憚的，是昨天清晨見到的唐山。

唐山不會無緣無故跑到陽界，更不會無緣無故出現在吳沙華的面前，而唐山之所以會親自來帶魏書恆，有極大的可能是因為怕吳沙華會阻撓其他的鬼差，讓他們帶不走魏書恆。

魏書恆想了想，輕輕點頭認同，「這樣說好像也是。」他挑挑眉、咧著嘴，悠哉地說：「不然我們就先出門吧！按照媽媽的安排去逛街、去吃飯、去買菜，反正那種事到底什麼時候會發生也沒有人知道啊！如果要我一直這樣提心吊膽地等著，妳說我會不會還沒被鬼差帶走，就先被自己『累死』了？」

吳沙華聽著魏書恆的玩笑，一雙眼睛在靜靜地眨了眨之後，洩露出了些許對魏書恆情緒轉折上的安心，「我們快點幫雅娟媽媽把東西收一收，然後出門吧。」她先是俐落地打包好桌上的剩菜，然後接過了白雅娟手上所有的雜事，要白雅娟騰出來的一雙手什麼都不用做，只要好好牽著魏書恆就行了。

只是當他們一家四口開開心心踏出大門，準備上車外出的時候，原本晴朗的天空卻突然下起了大雨。幾個人匆匆忙忙開了門、上了車，獨獨吳沙華一個人佇立在打開的車門邊，由著大雨將她淋得濕透，動彈不得。

魏書恆從車中探出頭，大喊著：「沙華，妳在幹嘛，快點上車啊！」

在大雨襲來的那一瞬間，吳沙華的身體也忽地一震，她耐著急促顫動的心跳，盡可能冷靜地觀察著四周的動靜，因為這場雨分明就是被誰給引來的，分明就是有什麼東西潛伏在附近。

吳沙華猛地回過神，不但急得馬上伸手把魏書恆推回了車內，還向著駕駛座的魏仕鴻大吼：「仕鴻爸爸快開車！沒有接到我的電話，絕對不要帶書恆回來！快走！」說完，她就用力地甩上車門，連連敲著車身，催促車上的三個人趕快離開。

車子才剛駛離，吳沙華一直尋找的唐山就從雨中現出了身形。

看著那台載著魏書恆的車子越來越遠，最後消失在能見的範圍內，唐山露出了似笑非笑的表情，一臉詭異地盯著吳沙華說：「看來妳知道我是誰，那妳知道妳現在正在做什麼嗎？不管是想要主宰生人的命運，還是想要阻撓鬼差取魂，好像都不是妳應該要做的事。」

也許是多年不見，吳沙華看著眼前的唐山，無論是眼神、口氣，甚至是表情和態度，總都有種說不上來的怪異，但最令她在意的，是即便真的多年不見，那也不至於把彼此給忘了，為什麼唐山看起來就是一副不記得她的樣子。

因為疑心，吳沙華應付起來更加謹慎，「唐山，要帶走書恆之前，不如先和我談談我的事。」

「談？」唐山突然笑了出來，「我們談是一定要談的，不過不是在這裡，也不是現在。等妳搞清楚自己是什麼東西之後，我們有的是機會可以一起玩！我很忙，還得趕著去追那個男孩子，如果妳有本事的話，那就跟著來吧！」

或許正因為他是唐山，消散的速度幾乎是一般鬼差的兩倍快，不但一下子就從吳沙華的面前完全消失，就連尋常鬼差可能會稍稍遺留的氣味或痕跡，也一點都找不到。趁著唐山還沒走遠，吳沙華焦急地奔著腳步，在魏家附近不斷來來回回，拚命地想找出唐山離開的方向，可是在發現唐山之前，吳沙華的手機卻先響了。

吳沙華沒有停止奔跑，一邊大口地喘著氣，一邊回應電話彼端的聲音，「雅娟媽媽，怎麼了？」

「沙華！書、書恆不見了！」電話那頭的白雅娟急得都快哭了。

「書恆不見了？」吳沙華一聲驚呼，打住了腳步，不過真的震撼到她的，是代表魏書恆死亡的那個時間，竟然開始正常倒數了。

❖ ❖ ❖ ❖ ❖ ❖

現在是早上八點，魏書恆死亡的時間從十一個小時開始倒數。

唐山究竟是已經帶走了魏書恆，還是沒有，吳沙華一時之間也不敢確定，因為照道理來說，鬼差一旦出手取魂，生人就會立刻壽終，但如果唐山根本還沒把魏書恆帶走，那他現在在哪裡，突然不見的魏書恆又會在哪裡？

吳沙華匆匆躲進了一旁的屋簷下，為了不讓雨聲干擾，她刻意拉高音量，對著電話那頭放聲大喊：「雅娟媽媽，妳說得清楚一點，書恆是怎麼不見的？」

「書恆不放心妳，說要在前面的超商等妳，我和妳爸爸就先讓他下車，可是等我們把車子停好之後，卻到處都找不到他。我問過超商裡的人，不過大家都說沒有看到書恆，我們想說他是不是根本就沒有進去超商，所以就在超商附近找了一下，但也沒有看到他啊！怎麼辦，沙華！怎麼辦？」白雅娟說得心急，光聽聲音就知道她有多不安。

魏書恆應該還活著，否則死亡時間不會繼續運轉，而以一個已經死去的人來說，也不應該連屍體都找不到。因為緊抓著這兩個論點的關係，讓吳沙華對魏書恆的生死還抱著一絲希望，只是想要確認魏書恆到底是生是死，唯一的辦法就是找到唐山，在這十一個小時之內。

「雅娟媽媽，妳和仕鴻爸爸待在原地等書恆，其他的我去想辦法，我們保持聯絡。」吳沙華雖然允諾了白雅娟，但在掛斷電話之後，她也只能漫無目的地再次朝著暴雨中衝去。

每個鬼差都有自己的管轄區域，以吳沙華對環境的了解，想要找到任何一個鬼差都不算困難，但來去自如、不受任何地域拘束的唐山，卻被這種規則排除在外。所以別說十一個小時，就算是給了吳沙華二十一個、三十一個小時，她都未必有把握能在時間內找到唐山。

大雨下得又急又猛，路上不管是人影還是鬼影全都看不見，無跡可循的吳沙華就這樣四處轉著繞著，來到了平常打工的餐廳附近。一隻黑貓原本蜷著身體，趴臥在餐廳前的矮牆上，悠哉地享受著雨水帶來的涼爽，可是一雙耳朵先是聽到了雨中的腳步聲，隨後又發現了吳沙華正在雨中奔跑，牠一個察覺不對，就馬上跳下牆，也跟著跑起來追了上去。

一追上吳沙華，無臉鬼差就從黑貓身上現出了形體，問著：「沙華，怎麼了，妳要去哪裡啊？」

吳沙華一瞥見無臉鬼差，也不顧正在馬路中央、大雨滂沱，立刻打住了腳步，劈頭就問：「你有看到唐山嗎？」

「唐山？」無臉鬼差疑惑了半晌，以為吳沙華是在跟他開玩笑，還笑笑回應：「唐山怎麼會在這裡。」

「他帶走了書恆。」不想浪費太多的時間，吳沙華又在雨中走了起來，一步一步雖然走得有些緩慢，但該看的、該注意的地方卻一點都沒有錯過。

無臉鬼差也緊緊跟在吳沙華的身邊，「書恆？妳是說妳家的那個魏書恆啊，唐山為什麼要帶走他？」

「你問我為什麼？既然是鬼差做的事，還能為什麼。」大概是覺得無臉鬼差的問題很荒唐，也大概是吳沙華從這個問題與回答中，確確實實感覺到了魏書恆在生死之間的不安，讓她不禁悶哼了一口氣。

縱然和吳沙華想的方向一致，但無臉鬼差的反應卻和吳沙華完全不一樣，他不解地說：「不對啊！沙華妳應該知道我們鬼差有自己的地盤，如果魏書恆今天是死在學校，那斷臂鬼差會去處理，如果今天他是死在妳家，那就算是我的業務，可是關於魏書恆的事，我什麼都不知道，而且我剛剛才見過斷臂鬼差，也沒聽他說過啊！還有，妳要明白像唐山要來陽界的這種大事，我們是不可能不會知道的，但這幾天我真的沒有聽到任何他要來的消息。」

「可是我看見唐山了，我很確定那個人一定是唐山。」吳沙華想了想，又說：「你覺得唐山有沒有可能是因為顧忌到我，所以才會親自來、偷偷來帶書恆，不告訴你們。」

「要是唐山真的是因為顧忌妳，那他更應該會告訴我們才對，因為他需要我們幫忙圍捕魏書恆，幫忙拉住妳啊！」無臉鬼差故意幾聲嘻笑，想藉此緩和一下吳沙華過度的緊繃，接著才正經地說：「如果今天事情跟妳有關，唐山的確有可能親自跑一趟，但他不會為了一個魏書恆輕易踏進陽界的，我以我對唐山的了解保證！」

知道無臉鬼差會這麼說，一定有他的道理，可是吳沙華親眼見到唐山，也是千真萬確的事，而且唐山自己也曾經說過要趕著去追魏書恆這樣的話，所以無論這中間是出了什麼差錯，或者是有什麼難以理解的誤會，就目前的情況而言，唐山絕對是衝著魏書恆來的。

「反正，你就幫我四處找找，替我想想看唐山會去什麼地方，想想看要去哪裡才能找得到唐山。」吳沙華意識到時間的流逝，還多提醒了一句：「我的時間不多，只剩下十個小時了，在這十個小時之內，我一定要見到唐山！」

「唐山在哪裡，哪裡就能找到唐山啊！所以要說能見到唐山的地方，那肯定是黃泉啊！」無臉鬼差說得理所當然，說得像是提供了極大的線索，但很快地就又阻斷了吳沙華的希望，「可是要讓妳在十個小時內見到唐山，根本就是不可能的事，除非唐山自己跑來陽界找妳，不然就算妳在這十個小時內死了，那也不一定能馬上見到唐山。」

「……你說得對，唐山在哪裡，哪裡就能見到唐山，就算現在他不在，那也是他一定會回去的地方。既然到處都找不到，那我就去那裡等他！」吳沙華猛地轉身，大步奔跑了起來。

無臉鬼差還搞不清楚狀況，一時著急就扯著喉嚨大吼：「沙華妳要去哪裡啊？」

就怕無臉鬼差聽得不夠清楚，吳沙華也大聲應著：「黃泉！」

「黃泉？等等！沙華——」無臉鬼差趕緊拔腿跟上，在吳沙華耳邊不斷嚷嚷：「今天又不是百鬼遊行的日子，黃泉之門不開的，而且就算它開了，妳也不是百鬼，進不了門，妳要怎麼去黃泉啊？」

「誰說黃泉只能從黃泉之門去，我從入酆河去。」吳沙華一邊說，一邊在腦中仔細盤算著剩下的時間。

從這裡到入酆山雖然得花上八個多小時，不過從入酆河進到黃泉卻只要十分鐘，要是能夠拿捏好時間，讓一切都按照計畫進行的話，那麼吳沙華就可以趕在魏書恆壽終之前踏進黃泉，而她從唐山手中把魏書恆帶回來的機率也一定能大大增加。

一聽到入酆河，無臉鬼差嚇得差點噎到，「入、入酆河？沙華妳不是在跟我開玩笑吧！人鬼各有道，生人不進黃泉是規矩、是常理，其中還有不可違背的定數，妳如果非要從入酆河硬闖，那會出大事的！」

「除非唐山把書恆還給我，否則出再大的事我也要去。」一走到主要道路旁，吳沙華就不停地向著來往的計程車揮手，但也許是看她淋得一身濕，接連幾台計程車都直接開過，不願意停下來。

無臉鬼差越說越著急，連說話的聲音也不知不覺帶上了求饒的哭腔，「我都說了唐山沒有來陽界，魏書恆也沒有死啊！為什麼妳都聽不進去，還一口咬定是唐山帶走了魏書恆啊？」

好不容易終於攔到了一台計程車，吳沙華打開了車門，語重心長地說：「書恆現在當然還沒死，可是一旦到了唐山的手上，他就一定會死。我走了，你如果還想要幫我，那就替我找到唐山吧！」

見吳沙華就這樣離去，無臉鬼差想先追上去、想先去黃泉找唐山，但又想先替吳沙華找到魏書恆，可是想了一輪又一輪，卻想起了自己身上還有不得不辦的事。他苦惱得進也不是，退也不是，最後只好悶著頭，縮回到黑貓身上，淋著大雨、趕著時間，去了他此時此刻最應該要去的地方。

第四章
生命中總有些人
能讓你義無反顧

入酆山的位置偏僻荒涼，附近沒有任何建築或住戶，只有一座名為酆前寺的大廟。酆前寺的大門正對著入酆河，兩者之間有一片由碎石鋪起的淺灘，淺灘沿著岸邊按下了一根又一根的石柱，石柱與石柱間串著帶有特殊印記、打著無數大結的粗繩，那是酆前寺為了分隔陰陽兩界所設下的結界。

其中一根石柱另外繫上了一條繩索，繩索的另一頭綁著一艘木船，那艘木船細長狹小，大概只承載得了一個人，看起來並不實用，而它在這裡究竟有沒有被用過，其實也沒有人知道。

從入酆河去黃泉，一直以來都只是個無法被證實的傳聞，一來是因為沒有人真的靠這種方法去成過黃泉，二來也是因為黃泉並不是個人人都敢去的地方。不過能肯定的是，入酆山無論是所在的位置、擁有的磁場，蘊含的靈氣或者是力量，千年以來都是感應最強大、最受人類推崇的靈場，在這一點的定位上，可是從來不曾受過任何質疑的。

下午六點十五分，雖然比吳沙華預想的時間晚了很多，但也還算是在期限內趕到了入酆山。吳沙華抬頭看著天際，此刻的入酆山明明晴朗無雲，但卻以淺灘為界，硬是將酆前寺和入酆河一分為二，前者看來明亮莊嚴，讓人心生敬意，後者則是黑得混沌詭異，讓人心生畏懼，不敢隨意靠近。

吳沙華就站在明暗之間，在那艘不起眼的木船邊寸步不離，靜靜地等著。淺灘邊的木船是真的有用處，也是真的可以將人帶往黃泉的，但怎麼用、什麼時候用，卻只有少數幾個人知道，吳沙華就是其中之一。她非常清楚現在還不是渡河的時候，即便上了船、過了河，那也絕對沒有辦法進到黃泉。

就在吳沙華將目光放到入酆河上，正認真凝望、等待時機的時候，她的身後先是忽地匡啷一聲，接著傳來了一陣既強勢又帶著威脅的警告：「水深危險，不可捉摸，論妳是出於好奇，是知道這裡有什麼，又或者是真的想從這裡得到什麼，都不應該跨越這條線。要知道這世界上既然有不能改變的事，那就有不可強渡的河。」

那是一個面目凝重，手持錫杖，看起來充滿威嚴，可是身上穿的袈裟卻破爛不堪的老者。老者的話說得理所當然，說得直截了當，但聽在吳沙華耳裡卻沒有想像中那麼簡單，因為老者如果不是將她看得透徹，明白她的盤算，又怎麼有辦法一開口就滿是想要勸退她的道理和念頭。

吳沙華盯著老者，嚴肅地說：「師父要是能看出我為什麼要來這裡，那就應該知道這條河，我是一定要過的。」

老者握著手中的錫杖用力一敲，再次發出了匡啷聲，說話的力道也更強勁了一些，「黃泉非生人主宰，非生人之道，亦非生人想去就去得了，想回就回得來的地方，何況亡者既已去，便有他該去的理由，身為生人不該打擾，更不該有糾纏之心！」老者繞過吳沙華，背對著入酆河，在吳沙華的面前打橫了錫杖以作阻擋，「即便妳知道渡河的時間和方法，我也不會允許妳過去的。」

「入酆河的存在，就是在默許生人進黃泉。」吳沙華說得斬釘截鐵，字字句句都是她非去不可的決心。

老者一聲大喝：「混帳！誰准妳這樣解釋入酆河的！入酆山在此坐鎮，掌管靈場，鎮守陰陽兩界，就是為了不讓生人誤闖黃泉，不讓生人硬闖黃泉！入酆河再怎麼樣存在，都不會是為了給生人開闢一條去黃泉的路，因為黃泉是給亡者去的地方！」

吳沙華沒有退縮，反而更加堅定地反駁：「那又是誰准你這樣解釋入酆河的？只要找得到方法、等得到時機，誰都可以從這裡去黃泉，去見想見的人，去找回應該要回來的人！」

「黃、泉！」老者刻意強調，將這兩個字說得清楚明白，隨後他臉色一變，散發出不可撼動的壓迫感，用冰冷的聲音說：「在那種地方，不會有什麼『應該要回來的人』，這不過都是妳執意打擾、執意糾纏造成的愚蠢藉口罷了。現在，給我滾出入酆山！」

夕陽將大地和河水染得一片通紅，原本平靜的河面也隨著水流的加速開始蠢蠢欲動，這表示日落的時候到了，渡河進黃泉的時機也到了。面向入酆河的吳沙華，第一時間就發現了河面的變化，她趁著老者只專注在她的目光上，疏於戒備肢體的時候，忽地蹲下往前翻了幾圈，闖過了老者錫杖的防範、跳上了木船，接著一邊在搖晃的木船上穩住腳步，一邊急忙解開綁在石柱上的繩索。

吳沙華這個意料之外的舉動，讓老者沒能及時反應過來，但他的動作也很快，在轉身的同時揮動了錫杖，朝著吳沙華的下盤猛力一擊，一把就將吳沙華從船上打了下來。縱然吳沙華狼狽落水，那也沒有放棄，依舊拚命地游向木船，想要從水中往上爬，可是這時老者的錫杖突然一轉，伸進了吳沙華腹部和船身的中間，一個使力，就又把吳沙華摺進了水中。

一來一往之間，老者始終沒有真正擊退吳沙華，無計可施之下，他躍上了木船，一邊毫不留情地杖打吳沙華，一邊大聲地訓斥：「連鬼神都要有所區分，更遑論黃泉非人所道，豈能由妳任意妄為！妳再不識相點離開入酆山的話，我就直接送妳進黃泉，到時妳有了進黃泉的『身分和資格』，不怕誰想攔妳，就怕妳自己不想去！」

「如果我是因為在這裡被你打死才進了黃泉，那我還來入酆山幹嘛？我不能死在這裡，也不能用亡者的身分和資格進黃泉，我要以生人的身分進去，再以生人的身分出來！」吳沙華咬緊牙根，接下老者一記又一記的杖責。

「癡心妄想！」老者被吳沙華的一席話惹怒，下手更不留餘地、不分輕重了。

時間流逝，眼見太陽就快要完全沒入水中，通往黃泉的時刻也即將錯過，吳沙華一急，便伸手抓住了老者的腳踝，用盡全力做出了最後的反抗，「我一定要去黃泉，無論如何我都一定要去黃泉——」

其實就算船身劇烈擺盪，再加上吳沙華的反抗力道，那也都不足以讓實力堅強的老者受到太大的影響，可是被抓住腳踝的老者卻忽地雙眼一瞪，像是被某種震撼襲擊了一樣。他看著吳沙華，狠狠地倒抽了一口氣，「……妳！」

略感驚慌的老者，隨後竟還被吳沙華一股勁地扳倒，整個人摔出船外掉進了水裡。吳沙華見狀，不多加思考就趕緊爬上船，雖然一雙手已經用最快的速度拆解繫在木船上的繩索了，但她心裡總是芥蒂老者的動向，擔心老者又會突然攻擊她，所以多少還是會分心瞥望水中的動靜。

不過水裡還沒有動靜，吳沙華手上的繩索也還沒有解開，原本只是微微波動的河面，卻在此刻變本加厲，掀起了一波宛如怒江的驚天大浪。大浪將繫著木船的石柱連根拔起，破壞了酆前寺在入酆河邊設下的結界，接著河面又旋起了一陣強風，推著木船急速行駛，由著它毫不猶豫地向著彼端的黃泉漂去。

這波大浪和強風捲走了木船和吳沙華，卻沒有沖走老者。日落之後，入酆河回歸了平靜，老者浮出了水面，像具浮屍一樣隨著水波漂流，一張臉皺得難看，露出了複雜、難以理解的表情。

❖ ❖ ❖ ❖ ❖ ❖

不見了。

木船向著黃泉靠岸的那一刻，意味著魏書恆即將死去的時間也在瞬間快轉歸於零，從吳沙華的眼前完全消失了。

再也沒有可能奪回魏書恆的吳沙華一臉錯愕，完全無法為加速的時間給出一個合理的解釋，而不知道是因為禁不起剛剛的狂風大浪，還是因為不能接受魏書恆壽終已成定局，她突然被一陣強烈的痛苦和暈眩侵襲，其擴散的速度快得讓她頭暈目眩、渾身劇痛，一個抱頭就猛地倒臥在船上，連指尖和趾尖也都被撼得發麻顫抖。

縱然那種不適感幾乎是滲進了骨頭，吳沙華還是咬著牙，費力地撐著船槳上岸，一步一步踏上了黃泉路。眼前的黃泉路筆直平穩，可是看不見盡頭，放眼望去能見的只有在道路兩側開得無邊無際的彼岸花，在毫無燈光的指引之下，彼岸花顯現出來的鮮紅，就變成了路途唯一的依賴。

不過吳沙華前進的步伐卻宛若一波黑潮，為那一朵朵美麗綻放、輕輕搖曳的彼岸花招來了死亡。吳沙華每往前多走一步，每多落下一個腳印，與她平行生長在兩端的彼岸花就立刻發黑枯死，失去鮮豔奪目的色彩，這樣的景象隱隱散發著不祥，讓原本就異常寧靜的空間，更添上了一層使人感到壓迫的窒息感。

生人入黃泉，陰陽失衡，嚴重動盪，再加上腐爛的彼岸花不時飄出惡臭，吸引了身處黃泉各地的鬼差紛紛匯集，向著吳沙華所在的地方趕去，而其中動作最快，走在最前方帶頭領導的，當然是唐山。

吳沙華的黃泉路都還沒走到頭，一大群鬼差就出現在她的眼前，擋住了她的去路。唐山領著眾鬼差停下了腳步，刻意和吳沙華還保持著一小段的距離，接著他大手一揮，那些已經枯朽腐敗的彼岸花，在眨眼間竟死灰復燃，任由耀眼的花色再次將整條黃泉路染得通紅。

「妳為什麼會在這裡？」唐山開門見山問得直接，然後望了望吳沙華身後的那條來時路，略顯意外之餘，也透露出些許的不滿，「居然還是從入酆河來的，入酆山那個老乞丐到底在幹嘛！」

吳沙華緊盯著唐山不放，她壓抑著那些在體內不斷膨脹的痛苦，問了一句：「……書恆在哪裡？」

「魏書恆？」唐山輕蹙眉頭，一臉疑惑，不明白吳沙華這麼問是什麼意思，「魏書恆不在黃泉，妳找來黃泉做什麼？」

「書恆在黃泉也好，不在黃泉也好，反正你帶走書恆是事實，你一定知道書恆在哪裡。」

吳沙華在不知不覺間出現了呼吸困難的症狀，雙手加壓在船槳上頭的力道越來越重。

「我帶走魏書恆？」唐山一聽，更不明白了，不過比起這個問題，他更在意吳沙華漸漸失去血色的臉。於是他凝著雙眼，嚴肅地勸退：「我不知道妳在說什麼，這裡不是妳該來的地方，快回去！」

不知道為什麼，一聽到唐山要吳沙華「回去」，一票鬼差全都慌了手腳，騷動了起來。其中一個胸口被剖開大半的鬼差還急著出聲提醒：「唐山，她不能回去！」

但唐山不理，只是對著吳沙華又大吼了一聲：「快回去！」

吳沙華被唐山的態度震懾，擔心再這樣下去唐山會對她出手，親自將她轟出黃泉。為了防止唐山接近，她便奮力舉起手上的船槳抵擋，還刻意揚高音量示警：「沒見到書恆，我不會走的！」

姍姍來遲的無臉鬼差穿過鬼差群，來到了唐山的身邊，一看見吳沙華就近在眼前，不同於唐山和其他鬼差的謹慎和小心，他一聲驚呼，輕鬆得像是在和熟人打招呼一樣，「沙華，妳真的來了！」

唐山不悅地瞪著無臉鬼差，喝斥著：「看到她來黃泉，你很高興嗎？你以為是請朋友到家裡來作客啊！」

被這麼一罵，無臉鬼差倒覺得有些莫名其妙，因為他不知道自己是哪裡做錯了，想要解釋也只能不停指著吳沙華支吾：「不、不是！她、她……我、我……」

沒等無臉鬼差說出個所以然來，唐山又說：「你早就知道她要來黃泉，為什麼沒跟我報告，又為什麼拖到現在才出現，一整天你都去哪裡了？」

「天、天雨路滑，遊覽車從橋上高速翻落，整台車都掉進了河床，摔得稀巴爛，車上死的死、傷的傷，就算活的送到醫院，也是有重傷不治的啊！我要河灘、醫院兩頭跑，今天的業務這麼重，要不是因為沙華說要來，我才想說忙完之後要趕快回來看一下，不然本來是不打算回來的。」無臉鬼差雖然一字一字好好地解釋了，但是他說得越多，口氣就越無辜。隨後又像是想起什麼，驚慌地說：「可、可是唐山，沙華她……」

搶在無臉鬼差把話說出口之前，唐山挑著眉，語帶壓迫輕聲地問：「她說她要來，你就真的放她來了？」接著慢慢揚高音量，教訓著：「做事都不用經過腦袋思考，都不用顧慮是不是符合我交代過的事，都不用顧慮是不是合規矩了嗎？」

「我、我也不想這樣啊！但是這件事真的很奇怪，我明明就沒有收到你要去陽界的消息，也沒有聽說過魏書恆的事，可是沙華說得很肯定，她說她在陽界看到你了，而且還說是你帶走了魏書恆。再、再說……」無臉鬼差忽地壓低音量，在唐山身邊窸窣著：「沙華連入酆河都可以闖過來了，她會來黃泉也不能完全算是我『放』她來的吧！唐山你應該也知道沙華她已經……」

唐山的臉色難看，聲音冰冷得足以讓人凍僵，「還敢找藉口，還敢頂嘴！不管她是怎麼到黃泉的，你不向上報告就是有錯。回頭我要關你禁閉，把你手上所有的業務全都整理好交出來，陽界的事你暫時不用管了。」

「……是。」因為對方是唐山，是黃泉的掌事者，無臉鬼差沒有反抗的餘地，只能哀著聲默默接受，但總也不難感覺到他的失望和無奈。

俐落地處置好無臉鬼差之後，唐山便對上了吳沙華的視線，他也不迂迴，劈頭就明說：「魏書恆的死期還沒到，包括我在內，沒有一個鬼差會在這種時候帶走他，而魏書恆這個人，基本上也不太可能會構成我去陽界的理由。」

吳沙華不信，肯定地反駁著唐山的說法，「書恆死了，我到黃泉的時候，他的時間就已經用盡了。」

無論是從額頭滑落的斗大汗珠，還是蒼白的嘴唇、下垂的眼角，吳沙華越漸增強的虛弱全都被唐山收進了眼裡。他用力地抿起唇陷入思考，眼神似乎也在不經意間閃過幾次些微的擔憂，最後他下定了決心，加重了口氣，威脅著：「魏書恆不在黃泉，就算妳翻了黃泉也不可能見得到他。趁著黃泉現在還容不下妳，最好馬上離開，不然等妳想走的時候，恐怕就走不了了。」

唐山的表情看來真摯嚴肅，不像是在說謊，也不像是在敷衍吳沙華，但如果唐山說的是真的，那想要找到魏書恆就更難了。一時之間陷入混亂、摸不著頭緒的吳沙華，不自覺打量起唐山，可是當她往唐山的身上看得越仔細，眉頭就皺得越緊，越覺得哪裡不對勁。

❖ ❖ ❖ ❖ ❖ ❖

「你的臉……」忘了剛剛有多排斥唐山靠近，吳沙華這次不但主動邁步貼近，還伸手掐住了唐山的臉頰，用力地又捏又揉。她略感驚慌地質問著：「你的臉為什麼這樣，不是已經碎了半張了嗎？」

雖然吳沙華沒頭沒腦的疑問也是令人意外，但她竟然膽子大到敢隨便在唐山的臉上動手，這讓站在唐山身後的一票鬼差全都看傻了眼。鬼差們要上前制止也不是，要就這麼靜靜地看著也為難，只好一個個面面相覷、愣在原地，全神貫注在唐山的身上，打算藉由唐山不同的反應隨機應變。

和其他鬼差不同，無臉鬼差一聽，立刻拋開了稍早前的低落，急得驚聲：「妳怎麼沒跟我說過，妳看到的唐山是那種樣子啊？唐山是所有鬼差裡外貌最完整的，怎麼可能會像妳說的那樣碎了半張臉，妳看到的唐山一定是個冒牌貨！」

吳沙華根本就聽不進去，這回一雙手落到了唐山的腰上，緊緊地揪住了他的長袍，將他的腰束縛得沒了空間。吳沙華焦急地追問：「你的壺呢，你的壺呢？」

憑著吳沙華何等放肆，唐山都面不改色，甚至還冷靜地反問：「什麼壺？」

「你到陽界見我的那天，還有帶走書恆的時候，腰間明明都繫著一個破壺。」吳沙華拚命地拉扯著唐山那什麼都沒有的袍子，「現在壺呢，壺呢！為什麼不見了？」

吳沙華會這麼焦慮緊張，是因為她一心只想要證明她在陽界見到的唐山，和眼前的這一個唐山是同一個人，而且也非得要證明不可。她擔心萬一她在陽界所見到的那個唐山，並不是真正的唐山，那麼她就再也無法推測帶走魏書恆的人到底是誰，也無法知道魏書恆現在到底在哪裡了。

「一個破壺，半張碎臉……」細細思考之後，唐山不急不徐地給出了吳沙華想要知道的答案，「是禪釜尚。」

禪釜尚這個名字一出，竟惹得一票鬼差的議論。

無臉鬼差也難掩訝異，「不、不會是我聽錯了吧，剛、剛剛是說了禪、禪釜尚嗎？」

吳沙華停下了所有的動作，緊緊地盯著唐山問：「禪釜尚，那是誰？」

「付喪神。」唐山也以認真的眼神回應了吳沙華。

付喪神，是因為對特定的人、事、物產生了超乎想像的強大執念，進而衍生出來的一種靈體。這種靈體形成的原因和擁有的樣貌，甚至心境上是邪是善，是拒人或害人，全都取決於他們存在的目的。

他們有些可能是為了報復，可能是為了贖罪，可能是因為虧欠，也有可能是因為埋怨，總之，造就付喪神的理由成千上萬、千奇百怪，從來沒有一定的規律，也沒有任何時間和空間上的限制。

唐山口中所說的禪釜尚，原本是由工匠費心製造出來的茶壺，因為其工藝精緻、壺型之美，在百年前被譽為壺王，不但受到眾人極度地稱讚，還以驚人的天價被一方富者買下。但茶壺在反覆使用之下，即便做得再美再好，終究還是敵不過老舊和破損的侵襲，再加上富者向來喜新厭舊，有了新壺就對舊壺失了興趣，於是它很快就被富者丟棄在倉庫裡，置之不理了。

倉庫終年不見天日，陰暗潮濕、至陰至寒的環境剝去了茶壺的光澤，連壺身上的裂痕也一日比一日更加清晰。不甘心曾一心一意侍奉主人，最後卻只能落得這般下場，茶壺歷經了百年的積怨，執念終於由壺而生，變成了由執念支配、為執念瘋狂的付喪神。

「這就是為什麼妳說妳在陽界看到了我，說我帶走了魏書恆，可是到了黃泉一問，卻沒有一個鬼差知道這件事的原因。黃泉雖然掌管生死，但跟付喪神有關的一切，全都不歸黃泉管，除非是付喪神自己踏進黃泉、有心想要遁入輪迴，那麼他和黃泉之間才會重新連結，鬼差也才有可能再次接收到他們的死期。」唐山盯著吳沙華慘白的臉，越看心裡就越不安，但他仍舊板著臉孔說：「現在事情都清楚了，妳快回去吧，要是繼續待在這裡，妳會死的，到時候就真的要住在黃泉了。」

吳沙華堅決地拒絕：「我不走，書恆不在黃泉，那就表示他還沒死吧？既然都已經知道是誰帶走書恆了，那我就一定要找到書恆，一定要把書恆帶回去！」

唐山絲毫不把吳沙華的決心放在眼裡，說出口的每句話都狠狠地打碎她的美好計畫，「雖然被付喪神帶走的人，是生是死的確是很難說，但是以禪釜尚那麼殘暴的性格來看，魏書恆已經死了的機率很大。如果魏書恆真的被禪釜尚弄死了，那麼妳就算找到了禪釜尚，也別想要把魏書恆帶走，更糟一點，說不定連他的靈體都沒機會見到。」

「就算禪釜尚生性殘暴，可能會對書恆不利，但那也只是『可能』而已，不代表書恆已經死了啊！」吳沙華無法接受，一味地爭辯，試圖把事情扭轉成對她有利的情況。

但這一辯卻觸怒了唐山，讓他不禁用可怕的吼聲去鎮壓吳沙華，「那是因為妳根本就不了解禪釜尚！」他狠狠地瞪著吳沙華，說起了禪釜尚的過去，「妳知道一心只想要報復的禪釜尚，在成為付喪神之後所做的第一件事是什麼嗎？縱然百年過去，他的主人已經死了，拋棄他的人已經不在了，但他還是毫不留情地殺光了主人的後代，燒光了主人的家產，後來甚至還日日流連陽界，一旦發現和他主人有關的人事物，就直接殺死、摧毀，絕不放過！妳說像這種毫無良知可言的付喪神，到底有什麼理由留魏書恆一條命？」

「那你說，禪釜尚又有什麼非殺書恆不可的理由，難道是因為書恆和他的主人有什麼關係嗎？如果他們真的有什麼關係的話，那書恆的爸媽、祖先，為什麼全都平安無事？禪釜尚殺了書恆的事，不過都只是你的猜測而已啊！」吳沙華禁不住內心的壓抑，再加上身體漸漸負荷不了，讓她不得不傾注全力向著唐山大聲咆哮：「我相信書恆還沒死，他才十七歲怎麼能死，他才十七歲啊——」

面對吳沙華過度激動，幾乎失去理智的反應，唐山只是冷冷地拋出一句：「生死，無關年紀。」接著他嚴厲地斥責著吳沙華：「明明是見識過百鬼的人，為什麼還蠢成這樣？在百鬼之中，唯一見了鬼差也不需要逃跑的，就只有付喪神！連鬼差都收拾不了的東西，妳憑什麼以為妳能夠輕易地從禪釜尚的手上要回魏書恆？就算妳真的要到了，但妳連我和禪釜尚都分不出來，又憑什麼以為禪釜尚給妳的會是真的魏書恆？」

「我不能，但你是唐山，你能啊——」吳沙華頻頻大口喘氣，盡可能維持著呼吸的順暢，但忽地一口氣堵住上不來，她整個人就沒了力氣、倒地不起，身體還莫名燃起了業火，將她團團包圍。

「沙華！」無臉鬼差一嚇，慌得一伸手就想要扶起吳沙華。

「不要碰她！」唐山雖然開口制止了無臉鬼差，可是他自己卻是毫不猶豫地抱起了吳沙華，而且接下來前往的竟然不是入酆河的方向，而是稍早前他一直不讓吳沙華進入的黃泉深處。

無臉鬼差在一旁看得發愣，直到唐山的背影都快要從黃泉路上消失了，他才急急忙忙追上，「唐、唐山，你要帶沙華去哪裡啊，不是真的要收了她的命吧？她要進黃泉，也得先搞清楚她是怎麼死的才可以啊！雖然、雖然這件事現在看起來有點困難就是了……」無臉鬼差低頭嘆了一口氣，焦躁地說：「你不覺得很奇怪嗎？生人就算進黃泉也不至於壽終，怎麼沙華一到黃泉，我就收到她壽終的消息，而且回來黃泉一看，才發現所有鬼差全都收到了，這、這不符合區域性業務的規定啊！再說，沙華如果因為是生人，磁場不合、水土不服就算了，她都已經不是『生人』了，為什麼還會被黃泉影響成這樣？」

唐山瞥了無臉鬼差一眼，「閉嘴！沙華的事我會處理，叫其他鬼差不要管、不要好奇，更不要老是把沙華的事掛在嘴邊講。還有，你去開路，我要帶她去冥幽城。」

「你、你要帶沙華去冥幽城？」無臉鬼差噎了喉嚨，僵了半晌才匆忙追問：「該、該不會是真的要去找禪釜尚吧？冥幽城又不是什麼好地方，你自己去就算了，沙華去了危險，她去不了的啊！」

唐山冷著臉，要脅著：「你開路，不囉嗦，我可以減少你關禁閉的時間；你不開路，繼續廢話，我就關你禁閉關到你連自己長什麼樣子都想不起來！」

感受到了唐山的殺氣，無臉鬼差猛地一抖，不敢再頂嘴。他加快腳步向著冥幽城開路，但行徑中也不免嘀咕：「我連臉都沒有，幹嘛還要想起自己的樣子啊。」

❖ ❖ ❖ ❖ ❖ ❖

一座憑空出現的浮島坐落在山嶽間，明明四周無雲無雨，但它卻被濃厚的霧氣層層包圍，又明明四周一片明亮，卻獨獨只有它所在的地方被陰邪籠罩，混沌不堪。

這就是冥幽城，一個完全由付喪神的執念打造出來的海市蜃樓。

吳沙華倚坐在路旁，她的身體被黑色的斗篷裹住，頭也被掩在帽子之下，雖然醒來的第一眼只看見了站在面前的唐山，無法分辨自己在什麼地方，但已經明顯感覺不到稍早前緊緊纏身的痛苦和窒息感了。那些症狀沒有留下任何可尋的痕跡，此刻在吳沙華身上環繞的只有莫名的舒適感，要不是她很清楚自己去黃泉的原因，確信自己是去過黃泉的，恐怕就要將那些遭遇誤以為是幻覺了。

「妳醒了，感覺怎麼樣？」唐山蹲了下來，身上披著和吳沙華一樣的黑色斗篷，一張臉也同樣保護在帽子之下。為了不在冥幽城太過顯眼，引起付喪神的注意，這樣的遮掩都是必要的。

「這裡是哪裡，陽界嗎？」吳沙華盯著唐山說得認真，一雙眼睛滿是防備。

「如果這裡是陽界，妳是不是又要急著去入酆山了？」唐山攫住吳沙華的手臂使力，「想見禪釜尚的話就快起來，時間有限，這裡不能待太久。還有聽好了，盡可能地保持安靜，放輕腳步，這裡和禪釜尚一樣，甚至比他還要難對付的付喪神滿街都是，雖然妳看不到，但只要在他們的地盤上，他們就能感覺得到妳，也隨時都能回到這個地方。」

一聽到禪釜尚，吳沙華立刻借唐山的力站了起來，也聽從了唐山的話，安靜安份地跟緊唐山，不因為周遭的風吹草動分心，更不因為好奇而東張西望。縱然一路走來吳沙華都低著頭，視線也大部分都被斗篷的帽子阻擋著，但她卻非常肯定，附近別說是繞著他們徘徊，就連與他們擦身而過的付喪神一個都沒有。

冥幽城的寧靜，幾乎是到了死寂的地步了。

就在吳沙華漸漸開始浮躁的時候，唐山開口了，還帶著不小的怨念，「身上的傷是入酆山的老乞丐打的吧。那老乞丐看門也不動動腦子，下手這麼重，是沒辦法趕走妳，就想乾脆打死妳嗎？下次被我碰到，他就死定了！」

「老乞丐？」吳沙華蹙眉思考，雖然不太確定和唐山說的是不是同一個人，但她能想到的也就只有那個身穿破爛袈裟的老者了，「的確是有見到一個人，他不讓我渡河，所以起了一點爭執。不過我能在被他打死之前過了河，也算是很幸運了吧！」

「幸運？」唐山不以為意地瞥了吳沙華一眼，「在那個老乞丐的面前，除非是老乞丐自己放妳過去，否則絕對沒有人過得了那條河。」

這一聽，吳沙華更不懂了，「他如果一開始就打算要讓我過河，為什麼還要花那麼多力氣阻止我？」

「很簡單啊，因為他一開始就沒有打算要讓妳過河，肯定是在某個時候，妳給了他一個願意放妳過河的理由，所以他才改變了心意。」唐山說得很容易，但理解起來卻特別困難。

吳沙華當然也沒能理解，只是困惑地問：「什麼理由？」

「這件事我晚些時候再告訴妳吧！」唐山聳聳肩，像是在刻意迴避這個問題，隨後又立刻問起了另外一件事，「現在我要先問妳，魏書恆是怎麼驚動禪釜尚的？一般來說，付喪神只會對看得到他們的生人動手，而且最常和生人接觸的場合是在百鬼遊行，或者是自己挾著陰雨出現的時候。魏書恆既看不到付喪神、不懂百鬼遊行，應該更不會在下陰雨的時候，還特地跑到外頭淋雨吧？」

「百鬼遊行的時候，書恆是和我一起看著的。」吳沙華邊說，邊用力地瞇了瞇眼睛，語氣總有些難堪、有些低落。儘管不能證明有直接的關係，但吳沙華明白魏書恆會發生這種事，多少也和百鬼遊行有所牽連，心裡難免愧疚。

果然，深知利害關係的唐山立刻狠狠地瞪著吳沙華，說話的聲音雖然不大，卻毫不客氣、強而有力地訓著：「愚蠢！妳見鬼見了十三年，陽界和黃泉有什麼大忌，該懂的也都要懂了，怎麼還會疏忽『百鬼遊行，生人迴避』這麼簡單的道理！」

「我見鬼見了十三年，但書恆也跟著我看百鬼遊行看了十三年了。這十三年他不吵不鬧，不刻意招搖，每一場都安安靜靜地送亡者上路，每一場都直到遊行完全結束才離開。正是因為書恆他願意遵守規定，所以從來沒有觸怒或驚動各種靈體，也沒有因此招來疾病和事故啊！」吳沙華試圖給出合理的解釋，但這解釋就連聽在她自己的耳裡都像是強詞奪理，畢竟她領著魏書恆違規在先，實在沒有什麼站得住腳的立場。

一陣沉默後，吳沙華嘆了口氣，她放棄了爭辯，承認了錯誤，非常消極地說：「那天的百鬼遊行下了一場陰雨，我確實有因為那場陰雨感到不安，可是付喪神的形體難辨，儘管我有心防範，也沒有把握可以從中找到付喪神。」

唐山輕蹙眉頭，略帶疑惑地問：「妳沒有在那場百鬼遊行裡看到禪釜尚嗎？」

吳沙華肯定地說：「沒有，禪釜尚到陽界用的是你的樣子，就算我真的在百鬼遊行裡看到他，也不會懷疑他就是付喪神。不過他是在百鬼遊行的時候看到我跟書恆的，這一點應該沒錯，因為隔天他就來找我了。」

「找妳？」唐山強調地又問了一次。

「對。」吳沙華一邊回想，一邊詳細地說：「百鬼遊行過後的凌晨，我因為預知到某個人的死亡，去了附近的醫院一趟，差不多天快亮的時候才離開，在回家的路上遇到了禪釜尚。他說他是來找我的，然後還穿過了我的身體……」

唐山忽地打斷了吳沙華的話，「等等！妳說他穿過了妳的身體？」

吳沙華點著頭，「嗯，很奇怪吧！鬼差是不會無緣無故觸碰生人的，我當下也覺得很奇怪，可是他用你的樣子接近我，在我沒見過你的十三年裡，你又已經變成了黃泉的掌事者，我不知道其他鬼差不可以、不能做的事，在你身上可不可以、能不能做，所以也沒有懷疑過他根本就不是你。」

「他除了穿過妳的身體之外，還跟妳說了什麼？」唐山越問越嚴肅，臉色也越來越難看。

「什麼都沒說，後來書恆來找我，他就消失了，然後我就看到了書恆死亡的時間。」一想起那些象徵著魏書恆死亡的凌亂數字，吳沙華不禁失了神，「我從來沒有見過那樣的時間，一下子快、一下子慢，一下子又打住不動，無法推測也無法預料書恆什麼時候要離開，直到書恆被帶走之後，時間才開始正常地倒數。雖然書恆是確定不見了，但代表他死亡的時間還在走，所以我才想直接到黃泉找你要人，可是當我一到黃泉，明明還有剩的時間，卻在一瞬間全部歸零了……」

吳沙華越說越恍惚，完全沒注意到身旁的唐山已經停下來了，還跨步想要繼續往前走。唐山為了抓住吳沙華，伸手揪住了她的後領口，只是這一扯，卻連帶讓她的斗篷帽子鬆落，揭開了原本被限制在她雙眼之外的視線。

不同年代的古厝、洋房林立而起，在排列與建造上似乎沒有一定的基準，因為放眼望去有些看來華麗，有些卻破舊不堪，甚至現在在吳沙華眼前的這間房子還被燒毀了大半邊，任由揮之不去的燒焦味淡淡地瀰漫著。除了房子以外，這裡能見的東西還有很多，包括懸在半空中的輪船、陷進地底只裸露出半截的飛機、折成兩半的高塔、連樹皮都長滿果實的果樹等等，只要是由付喪神的執念所生，不論是合理的、不合理的，在這裡全都可以存在。

吳沙華注視著那間燒得焦黑的房屋，「這裡，就是禪釜尚生成的地方嗎？」

唐山卻反駁：「不是，那是禪釜尚的主人住的房子，也就是後來被禪釜尚燒掉的那一間。」他指著一座與大屋相連，毫不起眼的木造倉庫說：「這個，禪釜尚被丟棄的倉庫，才是他生成的地方。」

「只要在這裡等著，就可以見到禪釜尚了嗎？」吳沙華盡可能地伸長脖子探了探，但裡頭一片漆黑，什麼都看不到。

唐山解釋著：「付喪神藉由執念在冥幽城裡劃分地盤，這間房子和倉庫都是禪釜尚的執念，不管他去了哪裡，一定會回來這裡，因為執念是付喪神最重要的東西。」

「執念？」吳沙華不禁皺眉，問起：「禪釜尚的執念不是掛在他身上的那一個茶壺嗎？」

「禪釜尚一開始和主人一起住在這間大屋裡，接著被拋棄在倉庫，最後由壺而生，主人的房子和放置的倉庫，其實也都算是他執念的一部分。帶得走的就放在身上，帶不走的就留在冥幽城，不過如果真的要談起所有執念的重要性，肯定還是那個茶壺最優先。」唐山的眼神稍稍朝周遭飄了飄，隨手又替吳沙華拉上了斗篷帽子。

被帽簷遮住大半視線的吳沙華仰起頭，「我們不進去嗎？」

唐山看著吳沙華，像暗藏著什麼地問了一句：「妳想進去嗎？」

吳沙華試圖邁步，但卻被猛烈襲來的排斥感顫慄了全身，她趕緊縮回了腳步，消化著麻痺感殘留在身上的陣陣餘波，睜著眼睛直勾勾地望著大門緊閉的倉庫。就這樣看了好一陣子，她才緩緩吐出：「不想，一點都不想。」

「在外面等就好，禪釜尚知道妳來了，很快就會回來的。」唐山說著，又拉著吳沙華的手臂往後退了一些，要她離禪釜尚的倉庫更遠一些。

「你說對了！」輕佻的聲音、狡猾的眼神，還有掛在嘴邊那抹不懷好意的笑，全都是禪釜尚對吳沙華和唐山熱烈的歡迎。

❖ ❖ ❖ ❖ ❖ ❖

不知道是因為和真正的唐山碰面，還是因為在身分暴露後，已經不再需要偽裝的關係，禪釜尚那張和唐山一模一樣的臉漸漸出現了變化。

禪釜尚頭上的帽子和臉上的墨鏡不見了，藏在墨鏡下的雙眼和唐山的看起來截然不同，不僅如此，他的顴骨高了一些，鼻子塌了一些，嘴唇扁了一些，就連身高、體型、衣著也在一夕之間全然改變。不過就算禪釜尚變成了和唐山完全不一樣的另外一個人，那半張破碎的臉，還有繫在腰間的破茶壺卻仍舊維持原貌。

「妳是來找我的嗎？」禪釜尚帶著充滿期待的笑臉靠近吳沙華。

吳沙華下意識地退了一步，和禪釜尚保持著一定的距離，「書恆呢？」

禪釜尚依然掛著笑，可是卻越笑越詭異，還逕自說起一些莫名其妙的話，「要妳來，妳不一定會來，但只要他來了，妳就一定會來。」他向著吳沙華伸出了手，像是在邀請，「如果妳願意留在這裡陪我玩，那我就告訴妳他在哪裡，妳說好不好？」

唐山一聽，表情立刻變得凝重，他毫不客氣地拍掉了禪釜尚的手，隨後又趕緊用力地甩了甩自己的手，因為他討厭和禪釜尚之間的觸碰，「有猜到你居心不良，但沒想到這麼卑鄙。」

不滿受到唐山的阻撓，禪釜尚的臉一垮，一雙眼睛填滿了敵意，諷刺著：「我以為大唐山親自找上門就已經夠稀罕了，沒想到人都去了黃泉了，你還肯帶她到冥幽城來，未免也太捨得了？我說你堂堂一個黃泉管事，是嫌黃泉的事不夠多呢，還是嫌手下的人不夠用呢，什麼時候竟然也和付喪神打起交道了？」他瞥了吳沙華一眼，又把視線放回到唐山身上，得意地警告著：「你可不要忘了，付喪神不入黃泉，不歸黃泉管，你要是敢在冥幽城鬧事，恐怕就算請得出閻王，也未必交代得起！」

「付喪神的確不入黃泉，但也不是每個付喪神我都請不進黃泉，凡事總有個例外，至於那種『例外』是什麼，身為付喪神的你應該比我更清楚才對。」唐山堂堂正正地看著禪釜尚，一刻也不曾迴避過。

禪釜尚一聲嗤笑：「哈！就算是『例外』，你如果真有本事帶進黃泉，也不會跑到冥幽城來了吧！」

唐山正經嚴肅地說：「付喪神執念不放，入不了輪迴，想要請得動神，必先解執念。要不是因為你帶走了魏書恆，干擾了陽界和黃泉，我也沒有必要找到冥幽城來。」

「不只是我禪釜尚，冥幽城的付喪神過去帶走了多少生人，你們黃泉都是睜一隻眼閉一隻眼，連個屁都不敢放，怎麼這次會因為區區一個魏書恆，就說我干擾了陽界和黃泉，還讓你這個大唐山親自動手了？」禪釜尚邁步靠近唐山，輕聲挑釁著：「你說來冥幽城向我要人，是閻王的意思，還是你大唐山自己的主意呢？又，這麼費力要解執念，真的只是為了請得動神嗎？如果這都不是閻王的意思，那閻王知道這些事之後，你覺得你這個唐山還能是唐山嗎？」

唐山反問：「區區一個魏書恆，跟你的主人和執念也沒有任何瓜葛，你帶走他，又是想要做什麼？」

禪釜尚意味不明地輕輕發笑，「你說呢？」接著板起臉，冷冷地說：「唐山，黃泉向來不管付喪神的事，你不覺得你太多事了嗎？你我都很清楚彼此在做什麼、誰對誰錯，再繼續跟我爭下去，難看的絕對會是你。我老實告訴你，人呢，我是交不出來了，如果你非要把這付喪神請回黃泉，那就自己看著辦吧！不過要是請不動，乾脆就直接留在冥幽城，反正這裡本來就是付喪神的地盤，是付喪神該待的地方，我們井水不犯河水，你知道該怎麼做。」

「真正多事的是你吧。」唐山也跟著壓低了音調，挾帶著強大、令人畏懼的氣勢，「冥幽城雖然由付喪神的執念所造，但付喪神又各自劃分了地盤，彼此互不相干，也從不踏進別人的地盤一步。你什麼時候還關心起別的付喪神回不回冥幽城，什麼時候又擔心起別的付喪神會被請回黃泉了？」

但見唐山越認真、越執著，禪釜尚就越感興趣，只見他稍稍抽動了嘴角，調侃著：「付喪神的執念容易看透，可是唐山的執念卻是難得一見。不管是人還是神，我都要定了，你大唐山能夠侵犯我、侵犯冥幽城到什麼地步，或者到底能付出多少代價、拋棄多少東西，我都拭目以待。」

「我以為你夠聰明，也以為你夠清楚我的本事，現在看來不過就只是個草包。」唐山一把掐住了禪釜尚的脖子，看起來雖然沒有特別動怒，可是渾身上下卻都散發著驚人的壓迫感，「黃泉被動，一向都只能『請』付喪神，但要我唐山動手，就不一定只有『請』這個方法了。聽說過那個付喪神被『拖』進黃泉，然後靈體四散的事吧？你要是想，我不介意現在就讓你變成第二個。」

沒想到禪釜尚一點都不怕，還放聲大笑，「哈哈……還沒有從我手上找到魏書恆之前，你不敢也不會的，而且你知道對我動手之後會給自己惹上多少麻煩，不會那麼笨的。不過話說回來，你以為這樣威脅我能有什麼作用嗎？就算我今天不跟你作對，就算我今天什麼都不做，付喪神也會自己回來這裡的！因為這裡是冥幽城，是付喪神的依據，只要那些最重要的、最放不下的東西還在這裡，他們就哪都不會去。」

唐山沒有答腔，因為他知道無論是冥幽城也好，付喪神也好，或者是黃泉，甚至是他自己，以體制來說，禪釜尚所說的都是應循的規律，是極度正確也是幾乎不能反駁的道理。但對他來說，「幾乎」不能並不代表「完全」不能……

禪釜尚自以為壓制了唐山，趁著唐山不注意便一把將他推開，然後揚著音調，驕傲地訓著：「唐山，鬼差要有鬼差的樣子，付喪神也該要有付喪神的樣子。這件事你辦不到的，滾回你的黃泉，別再踏進冥幽城，也別再打任何付喪神的主意，妄想把付喪神帶進黃泉了。」

吳沙華在一旁聽得一頭霧水，她不明白她和唐山明明是來找魏書恆的，為什麼唐山和禪釜尚開口閉口都只繞著付喪神打轉。雖然聽不懂也插不上話，但在唐山動手掐住禪釜尚脖子的剎那，吳沙華竟狠狠地顫了一下，彷彿那虎口是頂在她的脖子上一樣。

在那之後，吳沙華更莫名焦慮了起來，一雙眼睛反覆眨動、左右飄移，不知道該做些什麼，可是就在這個時候，一輛車子從濃霧中竄了出來，往她的身旁急駛而過。這輛車子不僅僅是吸引了她的目光，還幾近將她的靈魂全都抽走，讓她不敢置信地瞪大雙眼，甚至不自覺地拔腿狂追。

「沙華，不要去！」儘管唐山用盡全力震天大吼，那也傳不到吳沙華的耳裡。

因為那輛讓吳沙華不顧一切也要追上的車子，是吳沙華再熟悉不過、一輩子都忘不了的車子，也是十三年前出事的那一天，載著他們一家人的車子。

第五章
難以分辨的
活在過去與活在當下

身上彷彿被千斤重的石頭狠狠壓著，重量一路滲進了體內，壓得五臟六腑、筋絡血管全都喘不過氣、無法運作。吳沙華緩緩睜開了眼睛，只是這個再微小不過的動作竟在瞬間牽動了全身，由得被喚醒的痛覺隨之襲來，用力地撕扯著她的身體，折磨著她的精神，讓她忍不住從咽喉發出幾聲哀嚎。

坐在椅子上閉目養神的開膛鬼差，一聽到聲音就瞥了吳沙華一眼，他不太和善地說：「唐山說妳會醒，我不信，結果還真的醒了。」

吳沙華忍著渾身的痛苦，艱難地坐起身，她先是環顧起這個空間狹小的房間，擺設簡陋到連她剛剛躺下的地方也不是床鋪，只是一個長型的木箱子，接著才把視線落到坐在她正前方的開膛鬼差身上。她在黃泉路上見過這個開膛鬼差一次，雖然早就知道鬼差們的身上多少都帶有缺陷，也親眼見過了不少，但像開膛鬼差這樣半顆心臟裸露在外的景象，不管看幾次還是覺得震撼。

為了不再讓那半顆心臟引發驚慌，吳沙華刻意撇過頭迴避，「唐山呢？」

「唐山去了陽界，聽說還帶上了沒臉的跟斷手的，應該是他們負責的區域出了什麼大事，否則唐山也不會親自跑一趟。」雖然態度冷淡，但開膛鬼差還是好好回答了吳沙華的問題，甚至連吳沙華沒問的，也全都說得仔仔細細。

大概是沒料到開膛鬼差會說這麼多，吳沙華一個皺眉，把視線固定在開膛鬼差的眼睛上，盡可能地不要去看他的心臟，「這種事，你可以隨便告訴我嗎？」

開膛鬼差頂著一張撲克臉，表現出和吳沙華的隔閡，「我是不知道妳和唐山有什麼關係，也不知道唐山為什麼處處都要讓著妳，不過唐山走前交代過，說只要是妳想問的，就要我把知道的全都告訴妳。唐山還說他很快就回來了，要妳就算不舒服也忍著點，等他回來之後，會想辦法緩解妳的痛苦。」

吳沙華有點詫異，因為她的痛苦竟然並非偶然，而是與黃泉有關，「唐山知道我會這樣，那他有說過是為什麼嗎？」

「沒有。」開膛鬼差說得果斷，但也逕自分析起了吳沙華，「妳的情況的確是很需要一個理由，因為我從來沒有見過任何一個踏進黃泉的亡者，出現和妳一樣的症狀。」

「亡者？」吳沙華一臉困惑，連忙強調著：「我不是亡者，我是生人，我是從入酆山渡河來的。」

「生人？」這下子換開膛鬼差困惑了，但在困惑之後湧上的情緒卻是取笑，「亡者常常會有這樣的誤會，明明人都已經到了黃泉了，還以為自己沒有死。用鬼差的玩笑話來說，就是腦袋還沒有死透，轉不過來，接受不了事實。」

見開膛鬼差說成那樣，吳沙華忍不住板起了臉孔，嚴肅地說明：「什麼事實，我既沒有和百鬼結伴遊行，也不是從黃泉之門走進來的，我真的是生人，真的是從入酆山渡河過來的！」

這麼一聽，開膛鬼差倒是不太高興了，他凝著雙眼，不悅地說：「沒和百鬼遊行又怎樣，不走黃泉之門又怎樣，從入酆山渡河過來的到底又怎樣，我當鬼差這麼多年，難道會連一個人是活的還是死的都分不出來嗎？妳的死法是很蹊蹺，死前沒有任何的通知，一直到妳踏進黃泉的那一刻才真正成為亡者，但撇開這些不說，妳是亡者這一點，千真萬確！」

「我死了？」聽開膛鬼差說得煞有其事，吳沙華都不得不信了，但她依然冷靜地問：「死因呢，死因是什麼？」

開膛鬼差搖著頭，坦然地說：「不知道。妳就像個謎，跟妳有關的一切，在黃泉全都查不到。我知道的就這麼多了，剩下的妳還是等唐山回來再問他吧。」

吳沙華開始回想來黃泉之前的那段路到底發生了什麼事，她想起了入酆山、入酆河，但一無所獲之後又想起了唐山，想起了冥幽城，想起了禪釜尚，甚至，還想起了那輛車子……

暫時先拋下死亡這件事，吳沙華急得一問：「冥幽城！冥幽城到底是個什麼樣的地方，見到的東西除了由付喪神的執念建造以外，沒有其他可能了嗎？」

對冥幽城向來反感的開膛鬼差，在這樣沒頭沒腦地提問下，露出了不屑的表情，「妳都跟著唐山去過冥幽城，也親眼見過了，還需要問我冥幽城是個怎樣的地方嗎？如果妳是真的不夠清楚，那就想想冥幽城跟黃泉、付喪神跟鬼差之間的關係就好了。冥幽城對鬼差來說，肯定不會是什麼好地方。」

由著思考延續下去，開膛鬼差因為想起某件過於荒唐的事，忽地笑了出來，「說到冥幽城，唐山為了把妳帶回黃泉，在情急之下用了點手段，不過妳沒事，付喪神卻一個個全都瘋了。唐山的手段針對的明明是亡者，又不是付喪神，就不懂那些傢伙在誇張什麼，鬧得好像隨時都會衝進黃泉一樣。」

吳沙華不知道自己是怎麼回黃泉的，當然也不會知道唐山是用什麼方法把她帶回黃泉的，她只是眨眨眼，在認真聽完開膛鬼差的話之後，問著：「鬼差就這麼怕付喪神嗎？不然為什麼一提到付喪神就什麼都不管，還畏畏縮縮的。」

開膛鬼差挑了挑眉，覺得可笑地一聲哼嗤，「呿！我們不是怕也不是不管，而是不能。黃泉之門只為了有心的亡者打開，那種執念過深、迷戀陽界，對執著的事無法輕易放下的『東西』，就算進了黃泉也會想盡辦法逃出去。與其老是讓彼此追趕跑跳，鬧得天翻地覆、兩敗俱傷，倒不如雙方都各退一步，等他們自己願意來的時候，我們再替他們引路就好，這樣不但可以省去多餘的麻煩，大家也落得輕鬆悠哉。雖說這是閻王親自下的命令，但鬼差其實也懶得跟那幫人打交道，要他們上黃泉還得三請四請，管他愛來不來！」

靜靜聽著的同時，吳沙華也細細吸收著開膛鬼差的言語，她將字字句句重疊在從前聽過的話中，並提出了疑問：「但我從唐山和禪釜尚的對話間，聽說過還有一種鬼差可以干涉的『例外』。他們說的那種『例外』是什麼意思？」

開膛鬼差想了想，說明著：「基本上付喪神無論去了哪裡，最後都會回到冥幽城，回到他們執念最深的地方，但有一種付喪神不一樣，他們雖然仍有強大的執念，可是卻遺忘了執念的發生，所以他們不去冥幽城，只能不停地流浪，不知道何去何從。這種付喪神因為受到執念的束縛比一般的付喪神來得更小，所以黃泉可以管、容易管，甚至也可以什麼都不管，只要在黃泉等著，遺忘執念的付喪神總有一天就會自己走進來，不過一旦付喪神想起執念，再次為執念控制，那就跟一般的付喪神一樣難纏了，不管也罷。」

吳沙華半瞇著眼，露出了鄙視的眼神，「結果還不是什麼都不管。」

「例外的那種付喪神可以放著不管只是說說，鬼差不會真的不管。該抓的還是會抓，該追的還是得追，畢竟那也算是黃泉業務的一部分，該做的事還是要做，只是依照每個鬼差性格的不同，做得勤不勤的差別而已。」開膛鬼差拿起放在一旁桌上的懷錶看了看，「既然妳都醒了，也都可以說這麼多話了，那應該就不需要我照顧了吧。這個懷錶給妳，上頭做了記號，唐山時間到了就會回來了，在那之前，妳就一個人在這裡好好待著吧！唐山說了，比起黃泉其他地方，妳待在這個房間會更好過一點，雖然我也不知道他這麼說的依據是什麼，但妳就照做吧！」

開膛鬼差想要把懷錶遞給吳沙華，但在傳遞間卻不小心失了手，讓懷錶掉到了地上。他彎腰，伸手想要撿起來，碰巧吳沙華也伸出手有意撿拾，兩個人的手就在彼此沒注意到的情況下，不經意碰上了。

不過這一個觸碰，卻讓開膛鬼差整個人像是受到驚嚇般地快速彈開。他緊緊地靠著牆面動也不動，一雙眼睛直盯著吳沙華不放，臉上則是掛著難以置信的表情，皺起了眉頭，「妳是……付喪神？」

❖ ❖ ❖ ❖ ❖ ❖

稍早前在不知情的情況下被指為亡者，現在又不明所以地被冠上付喪神的稱呼，比起開膛鬼差的訝異，吳沙華更感到莫名其妙。她渾身僵硬得動彈不得，覺得這個空間裡的氣息完全凝結了，一切都變得扭曲，變得不對勁了。如果她是亡者，亦是付喪神，那麼是因為身為亡者造就了付喪神，還是因為付喪神的緣故才成了亡者，而在那之前，到底在她身上發生了什麼事？

吳沙華的腦袋瞬間擠滿了各種想法，她試圖用亡者、用付喪神的身分將所有的事情串連起來，只是得到的結果越清楚、越清晰，她的身體就越沉重不適。實在是難以負荷的吳沙華忍不住伸出了顫抖的手，想要向開膛鬼差請求幫助，但當開膛鬼差手上的黑色繩索映入她眼中的時候，她終於明白了自己和開膛鬼差在立場上的差異，也明白了開膛鬼差絕對不可能會幫她的事實。

開膛鬼差的臉色不變，剛剛看起來不過只是不友善，現在卻露出了一副要把吳沙華碎屍萬段的樣子，可見他是真的非常討厭付喪神，「一個付喪神居然能在黃泉待這麼久不被消滅，也難怪唐山對妳要這麼小心了！」

黑色繩索表明了開膛鬼差想要對付吳沙華的決心和意志，吳沙華大概也知道現在不管她說什麼都沒有用，就算她說她根本就不知道自己是付喪神，開膛鬼差也未必會相信，而就算開膛鬼差信了，黃泉這麼多鬼差，總不會每個都願意放過她，於是她在眨眼間衝出了房間，選擇了逃跑。

但，這裡是黃泉，一個付喪神能夠逃去哪裡？

跟在吳沙華身後的開膛鬼差追得緊迫，也在雙方追逐的過程中，釋出了吳沙華是付喪神的訊息。消息一出，驚動了整個黃泉，手執黑色繩索的鬼差從四面八方不斷地湧出，一個一個都截斷了吳沙華的出路，一個一個都等著吳沙華自投羅網。

就如同唐山留下的警告一般，房間外的空間比房間內帶給吳沙華的壓迫更為嚴重，隨著吳沙華奔跑的腳步越急促，衝撞知覺、在身上蔓延開來的撕裂感就越激烈，甚至還燃起了熊熊的業火，不但將她渾身燒得焦黑，還剝去了她的體力和精神，消磨著她想要出逃、想要自救的意念，讓她不論是心理或生理上都痛苦得難以承受。

吳沙華逃跑的速度越來越慢，可是鬼差們圍捕的速度卻越來越快，不知不覺，獨眼鬼差竟還已經來到了眼前，堵住吳沙華唯一的出路。無處可逃的吳沙華沒有辦法，只好硬著頭皮撲向獨眼鬼差，想要硬闖過去，但這一闖，黃泉卻煙霧大起，矇矓了所有鬼差的視線，當然，也順勢掩蓋了吳沙華的身影。

在煙霧之中，獨眼鬼差架起了一個略顯清晰的範圍，和其他鬼差的猙獰不同，他正像發現了什麼寶藏一樣，興致勃勃地盯著被他圈禁的吳沙華打量。他的雙手壓在剛剛被吳沙華穿過的胸口，興奮地說：「妳居然是付喪神！」

即便整個黃泉的動靜都因為這場突來的煙霧消停了，但吳沙華還是不敢鬆懈，尤其現在站在她面前的，還是平常就沒什麼好感的獨眼鬼差，讓她不自覺地飄著眼神，縮起雙肩、弓著身體，充滿防備。

看吳沙華這麼警戒，獨眼鬼差連忙揮手安撫，「妳不用這麼緊張，我們都認識這麼久了，妳還不了解我嗎？我是絕對不會抓妳的。」

「但也絕對不會幫我。」就是因為認識太久、太了解了，吳沙華才敢說得這麼果斷。

「我就喜歡妳這麼聰明的樣子，所以就算妳對我很冷淡，我還是想要接近妳。」獨眼鬼差笑得既詭異又滿是算計。

身上的業火穿皮刺骨，儘管吳沙華滿頭冷汗，但還是咬著牙挺著，劈頭就直說：「我沒有錢可以給你。」

獨眼鬼差抿著笑搖頭，「別把我說得這麼膚淺嘛！我不要妳的錢，妳是付喪神，肯定能給出比錢還更吸引我的東西啊！不如妳答應我一個條件吧，只要妳同意了，我馬上就送妳去冥幽城。」

一聽到冥幽城，宛如看到綠洲的吳沙華立刻追問：「什麼條件？」

和吳沙華的急迫相反，獨眼鬼差慢悠悠地說：「嗯……這我暫時還沒有想到，等我想到之後再告訴妳可以嗎？」

隨著滯留在黃泉的時間越長，吳沙華就越疲憊痛苦，幾乎快要窒息的感覺讓她毫不猶豫地答應：「可以！都可以！只要你帶我去冥幽城，你想要我給你什麼都可以！」

就算吳沙華已經滿口允諾，但獨眼鬼差還是不夠滿意，「這件事口說無憑，我怎麼知道我送妳去冥幽城之後，妳會不會就反悔，不願意履行我們之間的交易了。就當作是給我圖個心安，妳抵押個東西在我這裡吧！」

吳沙華的雙腳開始支撐不住，由著身體左右搖擺，連神智也漸漸模糊，她搖著頭，氣若游絲地說：「我身上沒有東西可以抵押。」

「不！妳有。」獨眼鬼差樂得向著吳沙華的胸口伸出了手，縮手的瞬間，掌心也多出了一顆心臟，「就拿妳的心臟來抵押，好嗎？」

獨眼鬼差的各種要求拖延了不少的時間，這將吳沙華的精神和狀態推向了極限，變得岌岌可危。她就像被狠狠啃食過一樣，全身上下都籠罩著一股死黑的陰暗，在被黃泉完全吞噬，逐漸變成一波黑煙之前，破碎駭人的聲音從她的喉間憒地湧出：「快帶我去冥幽城——」

這次獨眼鬼差不再拖磨，揚起了危險的笑一口答應：「成交！」

瀰漫黃泉的那場煙霧，在獨眼鬼差送走吳沙華的時候消散了，代表著付喪神的感應也從黃泉裡完全消失了。這是什麼意思，鬼差們全都知道，而他們大概也料想得到，吳沙華前往的地方不會是陽界，是冥幽城。雖然到底是哪個鬼差放吳沙華走的，不可得知，但冥幽城是個除了唐山，沒有任何一個鬼差願意干涉的地方，這一點，清清楚楚。

所以吳沙華這一逃，不能追，也再也追不得了。

原本處在垂死邊緣的吳沙華，因為踏進冥幽城再次得到了喘息，而所有的痛苦和不適也在瞬間不見蹤影，這一切的一切，都一再地印證著吳沙華是付喪神的事實。

吳沙華茫然地站在冥幽城的街道上，這裡明明沒有人，明明沒有一雙眼睛盯著她看，但她卻像是感受到了成千上萬的視線那般地不自在。她並沒有想要把自己歸類成付喪神的意願，也不希望自己是付喪神，只是種種跡象到了這種地步，她再不想承認也必需要承認了。

忽地，一輛車子從吳沙華的身邊急駛而過，就像那天看到的景象一樣。吳沙華一看到那輛車子，依舊是拔腿狂追，再加上這次少了唐山的阻攔，她就這樣一路毫無顧忌、沒有盡頭地追著跑著，直到車子停進了車庫，她才跟著停了下來。

車子停留的地方是吳沙華記憶中的房子，是他們一家三口一起生活過的房子。吳沙華佇立在不遠處愣愣地看著，情感陷得越深，竄流在身上的麻痺慌張感就越重，讓她動彈不得、無法自拔。

接著，車門開了，從車上下來了一對男女，那身影光是讓吳沙華看著，就忍不住流下了眼淚。那是她好久不見的父母，是她早在十三年前就已經在車禍中喪命的，父母。

❖ ❖ ❖ ❖ ❖ ❖

黃泉裡早就看不見付喪神的影子了，但隨處都能感覺到騷動過後殘留的痕跡，也總能輕易地察覺到某種強烈的動盪正在空氣中流動著，而造成這種情況最主要的原因，是因為黃泉這麼多鬼差，竟然會連一個體弱氣虛的付喪神都抓不到。鬼差們無一不為此心驚膽顫、惶恐不安，畢竟這樣的事情傳出去丟臉不說，要是真的追究起來更是人人都有責任，一個都跑不掉。

開膛鬼差跟在斷臂鬼差的身後，他的腳步有多快，對唐山的命令就有多焦躁、多不滿，「有沒有搞錯啊，都出了這麼大的事了，唐山自己不回來黃泉處理，還只叫你回來，他到底在想什麼啊？」

「連你都知道這件事很嚴重，那唐山當然是要親自去冥幽城處理啊，回來黃泉幹嘛。」斷臂鬼差說得不以為意，說得理所當然，看起來一點也不受吳沙華在黃泉鬧出的風波影響。

雖然起初聽到吳沙華是付喪神的事，斷臂鬼差的確也是感到有些震驚，但以唐山沒有多說，直接前往冥幽城的舉動來看，唐山是有心想要解決這件事的，既然如此，他也沒有什麼好擔心的了。反正唐山和吳沙華之間有特殊的情份在，旁人不好插手，究竟是要保吳沙華，還是要滅吳沙華，全都由唐山自己去作主，因為這兩件事唐山都做得到，也只有唐山做得到。

開膛鬼差本來還想抱怨，但隨著斷臂鬼差一個拐彎，即將前往的地方明顯脫離了他的預想，讓他不禁皺起眉頭問著：「大家都在大廳等著你傳達唐山的意思，等著你接下來去處理付喪神的事，你現在走這條路是要去哪裡啊？」

斷臂鬼差也是一個皺眉，不太耐煩地說：「不是都已經說了唐山親自去冥幽城了嗎，既然這樣，他就不會有話要告訴大家，更不會要我去處理付喪神。再說，如果對方真的是付喪神，你以為唐山隨便交代我幾句話，我就有本事可以對付了嗎？」

「沒有話要說，也沒有要處理付喪神……」開膛鬼差愣愣地想了半晌，揚著音量，非常不解地問：「那唐山要你回來黃泉做什麼？」

「整理房間啊。」這時，斷臂鬼差已經來到了門前，房門果然如唐山所說的那樣，在混亂之間沒人能順手將它關上。

「啊？」開膛鬼差一聲驚呼，不敢置信地問：「唐山叫你回來，只是要你整理一個『什麼都沒有』的房間？」

斷臂鬼差走進房內，一雙眼睛上上下下、左左右右仔細打量了一番，裡頭還真是如同開膛鬼差說的那樣「什麼都沒有」，但他一點都不在乎，還點頭應和：「對啊！唐山說付喪神如果能去冥幽城，那一定是在出事的第一時間，你沒有把她留在房間好好保護，才會逼得她不得不從房間裡逃走。還說她逃走的時候，黃泉肯定是一團亂，房間也肯定沒有人收拾，所以就要我回來整理。」

「什、什麼跟什麼啊？」大概是覺得唐山的所作所為太過荒唐，開膛鬼差忍不住放聲抱怨，將憋在心裡的煩躁全都吼了出來：「唐山到底在搞什麼啊！唐山早就知道那個孩子是付喪神，但卻沒有抓住她，還反過來處處護著她，要我保護她。你說唐山為了處理這件事去了冥幽城，誰知道唐山真的是去冥幽城抓人的，還是想趁著黃泉混亂的時候順勢把人藏起來啊？」

一聲聲吼叫刺得斷臂鬼差的耳朵發痛，他頂著強硬的口氣，厭煩地應著：「不就是因為沒有人去得了冥幽城，唐山才親自去了嘛！現在倒好，他不回來黃泉不行，去了冥幽城也不行，你到底是想要唐山怎麼做？我說你有時間在這邊質疑唐山的目的，不如多想點辦法去找付喪神。」

開膛鬼差的怒氣還在膨脹，在管不住分寸之下，脫口而出的言語盡是挑釁和輕視，「唐山為了那個孩子做的每一件事情都是錯的，作為一個黃泉掌事者，他擺明失去了資格！這件事這麼嚴重，你還開口閉口唐山唐山，你這麼相信唐山，這麼聽唐山的話，連是非對錯都分不清楚，難道是他養的狗嗎？」

斷臂鬼差聽了這樣的話不禁垮了臉，他轉身對上開膛鬼差，鄙視地悶哼了一鼻息，嚴肅地說：「唐山是黃泉的掌事，無論做什麼都有他自己的道理，我在黃泉做事，聽的當然是唐山的話，也只聽唐山的話。你呢？你在黃泉做事卻不聽唐山的話，還處處質疑唐山、藐視唐山，難道是想在黃泉自成一派，和唐山對抗嗎？」

開膛鬼差一個邁步，貼近了斷臂鬼差，字字句句都毫不認輸，說得強勢逼人，「黃泉出了這麼大的事，唐山這樣處理，你以為還有誰會信服唐山、會聽唐山的話？這件事一旦傳到閻王耳裡，唐山鐵定會被革職，屆時黃泉的掌事者就不再是唐山，而像你這種只聽唐山命令做事的狗，也不會有好日子過了！」

「這件事閻王都還不知道，唐山也還沒倒，你就這麼急著倒戈、急著撇清，替自己找好出路了。」斷臂鬼差露出不屑的表情，冷冷地說：「我不會有好日子過，那是你說的，可是你要知道一件事，就算不是唐山，黃泉也輪不到你作主，我也絕對不會淪落到在你之下，非得聽你的話做事不可。要是不想幫忙，那就離我遠一點，不要妨礙我替唐山做事，還有，既然你這麼討厭唐山，那這個房間你就不要再進來了。」

「憑唐山他有再大的本事，也堵不住黃泉這麼多鬼差的嘴，這件事閻王很快就會知道了，到時候我再看你和唐山能有多囂張！」開膛鬼差用力地甩上門，離開前還厭惡地說了一句：「哼！就一個破房間有什麼稀罕，要我來我還不想來呢！」

但開膛鬼差不知道的是，唐山有多麼看重這個破房間，就是因為非常看重，才會在他無法分身的時候，又特地交代斷臂鬼差跑一趟。

斷臂鬼差在吳沙華曾經躺過的那個木箱子邊蹲了下來，伸手緩緩撫過木箱子的表面，還用手指不經意地輕敲了幾下。那個木箱子從外表看起來一體成型，沒有破損、沒有接縫，也找不到任何可以打開的地方，不過從敲擊可以得知，中間百分之百是空心的。

接著，斷臂鬼差又在地板上發現了一只懷錶，他小心翼翼地撿起懷錶，打開一看，唐山先前在上頭作的記號已經消失不見，現在看來就只是一只再平常不過的懷錶了。他將懷錶放在木箱子上頭，轉頭看了看那副靠在牆邊，沒有異狀的桌椅，然後再三環視了這個狹小的房間，確定這房間裡的東西一樣都不少之後，才終於放下了心。

唐山其實沒有明確要求斷臂鬼差回來這個房間找什麼，他只是要斷臂鬼差確認房間裡的擺設和東西一樣都沒少，確認所有的東西都好好地放在房間裡，好好地放在它們應該在的位置上。如果有東西掉了或移位了，就要斷臂鬼差將它們擺好收好，而如果有東西從房間裡消失了，那就一定要找回來放回房間裡，不惜任何代價。

雖然不知道唐山真正在意的東西是什麼，但斷臂鬼差一點也不敢大意，反正對他來說，只要是放在這個房間裡的東西，就全都是唐山在意的東西。為了不在唐山回來之前再出任何差錯，斷臂鬼差乾脆一屁股坐在木箱子上，靜靜地待在房間裡，靜靜地守著這些不能離開房間的一切。

❖ ❖ ❖ ❖ ❖ ❖

褪去了斗篷的遮掩，唐山大步大步地在冥幽城裡遊走，一點都不避諱。所有付喪神都知道冥幽城來了個不速之客，但街上一片空蕩，沒有人敢探頭露面，沒有人敢有所動靜，就連先前出言挑釁唐山的禪釜尚，這次也只是靜靜地待著，不見蹤影，因為唐山挾帶而來的氣勢並不一般，不但沉重巨大，而且還迅速地渲染籠罩了整個冥幽城，憑誰再愚蠢都知道絕對不能在這個時候招惹他。

待在家裡的吳沙華，當然也感受到了這股不尋常的氣息，只是縱然知道來者是唐山，她也一點反應都沒有，毫不關心。直到唐山擁著氣息一路來到了她家門口，甚至開門闖入，完全映入她眼中的時候，她才稍稍露出了意外的表情，但經過一番思考之後，臉上的訝異就又立刻瓦解消失了。

吳沙華望著唐山空洞地眨了眨眼，像是在嘲笑自己般地說著：「突然看到有人闖進來還真是不習慣，不過我都忘了你是唐山。可以這麼自在地在冥幽城裡穿梭，還隨便踏進任何一個付喪神的地盤，這種事，大概也只有你辦得到了。」

唐山跨著步伐，來到了吳沙華所在的餐桌邊，他拉開一張椅子，坐在吳沙華的正對面，「我不顧忌地盤，是因為我不是付喪神。」

「你不是付喪神，但我是。」吳沙華一臉哀愁，無論是思緒、言語，或者是該有的反應，似乎都緩慢了很多。過了良久，她才提問：「你早就知道我是付喪神了嗎？」

「我一直都知道。」但唐山和吳沙華不同，給的答案總是又快又清楚。

只是這個答案，卻讓吳沙華更為沮喪，「也對，你是唐山，怎麼會不知道。」

唐山認真地盯著吳沙華，否定了這種說法，「我不是本來就該知道誰是付喪神，只是妳的情況對我來說比較特別，所以我一定會知道，也一定要知道。妳呢？妳是從什麼時候知道自己是付喪神的？」

「一開始是聽開膛鬼差說的，我不相信，但只要用付喪神這個身分去解釋我遇到的所有不合理，那麼一切就都合理了。」吳沙華抬起頭，對上了唐山的視線，默默地說：「預知到書恆的死亡之後，我們大部分的時間都一起待在家裡，禪釜尚會遲遲不肯動手，是因為我在那個房子裡，所以他沒有辦法進門。我第一次和你來冥幽城的時候，對禪釜尚居住的倉庫充滿排斥，也是因為這個原因吧——因為付喪神不會踏進別人的地盤。」

吳沙華一個停頓，飄了飄眼神，調整了呼吸，又繼續說：「我看到的那個凌亂不堪、滿是變數的死亡時間，其實不是書恆的，是我自己的。打從禪釜尚有意對書恆出手的時候，事情就漸漸將我導向了黃泉一途，只是那個時候還沒有辦法確定我到底會不會去黃泉。直到書恆不見了，我去黃泉的心意已決，死亡的時間才真正開始倒數，而抵達黃泉的時間雖然比預想得更快一些，但我是付喪神，所以就算時間還有剩，也會在我踏進黃泉的那一刻瞬間歸零。這也是為什麼當初你要趕我回陽界，開膛鬼差會這麼急著反對的原因，即便鬼差們不知道我是付喪神，但在他們眼中我已經死了，根本就不是生人，怎麼可能還讓我回去陽界。」

說著說著，吳沙華又開始恍神，她垂著眼，在低落的表現中透露出了些許的不解，「你三番兩次提醒我，再不離開黃泉就會死，可是我不懂，你明明知道我是付喪神，為什麼還要在我體力和精神幾乎都被消磨掉的時候，帶我來冥幽城？表面上看起來好像是拗不過我的堅持，不得不帶我來冥幽城找書恆，但你是鬼差，又是唐山，真的會這麼輕易地放付喪神回到冥幽城嗎？」

面對吳沙華的質疑，唐山一點都不受影響，他依舊不改嚴肅地說：「我說過，妳的情況對我來說比較特別，我必需要親自處理。妳是付喪神，應該很清楚冥幽城和黃泉是兩個完全相反的地方，黃泉能給妳多大的痛苦，冥幽城就可以給妳多大的安撫。如果我不帶妳到冥幽城，妳一定會被黃泉撕得粉碎，到時候不要說付喪神，可能連個小小的靈體都再也當不了了。」

這一番話竟莫名證實了唐山對吳沙華的保護，一個受到鬼差保護的付喪神，連吳沙華聽來都覺得荒唐。她無奈地呼了口氣，解開了一個疑問的當下，又想起了另一個疑問，「只有你進得了冥幽城，冥幽城的事由你作主就算了，那麼其他的呢？付喪神一旦踏進黃泉，就會和黃泉的關係重新連結，為什麼那些鬼差卻一點反應都沒有？鬼差們的確是都收到了我死亡的消息，可是我問過開膛鬼差，他說我就像個謎，除了死亡的時間以外，關於我的一切，包括我的死因還有其他的什麼，在黃泉裡全都找不到，就連我是付喪神的事，在真正碰到我之前，他也是毫不知情的。」

「並不是所有的付喪神都能和黃泉重新連結，得要對黃泉『有心』的付喪神才辦得到，不過妳不用擔心這個，這些都跟妳沒有關係。妳的情況簡單來說，就是跟妳有關的消息全都被我藏起來了，因為我不能讓他們知道妳是付喪神。」說到這裡，唐山忍不住凝起眼碎唸：「只是沒想到我才離開黃泉短短一天，開膛鬼差就拿妳的事鬧翻了，那個傢伙真是信不過，沒辦法交代。」

「不能讓他們知道我是付喪神。」吳沙華將這句話喃喃複誦了一遍，但怎麼樣都不了解它的意思，「為什麼？」

唐山一度飄動了目光，好像有點猶豫，但隨後馬上脫口：「因為認真說起來，妳會變成付喪神，有一半是我的失誤造成的。」

吳沙華睜大了雙眼，目不轉睛地看著唐山，腦中的思緒在沉默之間不斷地衝撞，最後才為她理出了一個關鍵，「……那場車禍，是嗎？我本來也應該要死的，但你沒有帶走我。」

「不是，妳應該要活下來的。」唐山先是肯定地推翻了吳沙華的猜測，接著說起了當年的車禍，「車禍發生當下，妳的爸媽受到了巨大的撞擊和擠壓，兩個人的身體都嚴重變形，在被拉出車外之前就已經明顯死亡了。當時負責到現場引魂的鬼差是我，我收到的命令只有兩個人，但實際上被我帶走的一共是三個人，而且其中有一個人的魂魄還非常地不完整，我只帶走了那個人的陽神，也就是一個人該擁有的完整魂魄中，僅僅的三分之一，剩下的三分之二都還留在那個人的身上。」

吳沙華越聽越失神，她艱難地將零碎的訊息一一拼湊了起來，然後得到了一個結論，「那個不完整的魂魄，只被帶走陽神的人，是我。」

唐山不加思索地應和：「對。妳的爸爸坐在前座，沒有什麼問題，妳的媽媽對這場車禍沒有懸念，所以也沒有什麼問題，問題出在她用全身去保護的妳。妳的執念由這場車禍而生，不停拉扯著妳的死亡和存活，最後造成了妳的陽神動搖，趁著我帶走妳媽媽的時候逃出了身體，跟著她一起走了，而妳，也就變成了為執念所有的付喪神了。」

簡單一句為執念所有的付喪神，卻涵蓋了吳沙華這十三年來的生活。就算她一直都知道自己和別人有些不同，可是這樣的不同要是背上了付喪神的身分，就會讓她難以接受，因為一旦變成為執念所有的付喪神，那就表示這十三年來，她都一直被困在自己的執念裡，並不是憑自己的意念真正地活著。

❖ ❖ ❖ ❖ ❖ ❖

聽到這裡，吳沙華忍不住喘了一口氣，這口氣看起來似乎憋了很久，憋著她很多難以言喻的情緒。她略覺可笑地說：「我是付喪神，可是我卻有人的身體。」

「妳三分之二的魂魄會繼續寄託在妳的身體裡，一部分是因為妳的壽命未盡，另一部分則是受到了執念的影響。死亡和生存的拉扯將妳分成了兩半，讓妳變成了即便不死去，不從物而生，也能像個活人一樣生存的付喪神，不過這都只是暫時的，付喪神一旦放下執念就跟一般的靈體沒什麼兩樣，可以進黃泉，可以聽從安排，可以輪迴轉世。妳也是，只要妳願意放下執念，妳就可以擺脫付喪神的身分，繼續作為『人』回到陽界，過完妳剩下的人生。」唐山雖然只是在說明事實，但言語間總帶著不少試圖安撫吳沙華的心意。

「暫時的？」吳沙華消極得完全無法聽信這種說法，還反過來提醒唐山：「我都已經死了，這件事經過那麼多鬼差的證實，連我自己都知道，怎麼可能還有作為『人』回到陽界的時候，怎麼可能還有剩下的人生可以過。」

唐山說得十分堅定，「那些都不是妳應該要煩惱的事，妳只要聽我的話放下執念，其他的我都會負責。」

「……但我的執念，是什麼？」所有的過程對吳沙華來說都太過模糊，連自己變成付喪神的原因都是從唐山那裡聽來的，又怎麼可能會知道影響自己最深刻的執念到底是什麼。

「就算從我這裡聽到了妳的執念，妳也會心存懷疑，妳的執念必須由妳自己去確認。只有妳自己找到執念、認清執念，並且打從心底放下執念，允許妳回陽界或者進黃泉的條件才會真的成立。」唐山的雙眼使勁地盯著吳沙華，像是要把這些重要的交代全都烙進她的眼中一樣。

「所以你不能告訴我嗎？」吳沙華難掩失落，還以為什麼都能從唐山的口中得到答案。

唐山搖著頭，解釋著：「我不是不能告訴妳，是說了也沒有用，與其這樣，還不如讓妳自己去想、去找，等妳找到了、放下了，我就會親手送妳回陽界。如果遇到什麼問題就來找我，不過我接下來有點事，要離開黃泉一陣子，妳要是這段時間找不到我，那就去找斷臂鬼差和無臉鬼差，他們會幫妳的。」

這件事，唐山明明就說得這麼有把握，說得信誓旦旦，可是吳沙華的情緒卻異常地低迷。她不但低下了頭，迴避了唐山的眼神，還明顯表現出了逃避的樣子，「如果我不願意找呢？」

唐山一怔，問著：「不願意是什麼意思？不願意去黃泉，不願意回陽界，還是不願意離開冥幽城？妳可能還在適應付喪神的身分，但妳不要忘了，妳來冥幽城的目的是為了從禪釜尚的手上討回魏書恆，而我會帶妳來冥幽城，也不是為了要讓妳一直留在這裡。我要妳回陽界，只要妳肯去找執念，魏書恆的事我也會一併負責。」

一聽到魏書恆，吳沙華忍不住一震，但那撼動的餘波只維持了一下子，很快就消失不見了。她對自己失去了信心，擁戴著滿滿的負面情緒，低落地說：「儘管我現在對整個冥幽城瞭若指掌，要見到禪釜尚已經是輕而易舉的事，那我也不想再找書恆了。我是付喪神，和書恆，和仕鴻爸爸、雅娟媽媽本來就不能一起生活；就算我不是付喪神，我的出現、我的存在，對他們而言也是多餘的，他們沒有義務背負我的人生，更沒有必要為了負責我的人生而去浪費什麼。」

吳沙華和唐山所在的餐桌旁，突然多了一對男女的身影，男人拉開了一張椅子坐下，女人則是忙碌地在廚房裡進進出出。她先是在餐桌上替男人和吳沙華鋪上了餐墊，接著準備好餐具和杯子，最後端出了兩個大餐盤，各自放在男人和吳沙華的面前。

「唐山你看，我的爸媽都在這裡，這裡才是我應該待的地方。」吳沙華拿起了餐盤兩側的刀叉，看著空無一物的餐盤，既激動又用力地揚起了喜悅的笑。只是笑中的喜悅參雜了太多的悲傷、太多的痛心，讓她忍不住痛哭流涕，「你看，我的媽媽為我準備了早餐，是『我的媽媽』為了我準備的。一直以來，我都只能吃到別人的媽媽準備的早餐，現在，我終於可以吃到『我的媽媽』做的早餐了……終於可以……」

旁觀者清，唐山對眼前的情況不為所動，因為他知道這一切都只是吳沙華的執念在作祟。餐盤裡根本就沒有早餐，這裡也絕對不會是吳沙華應該要待的地方，執念的出現，不過都只是為了將吳沙華困在冥幽城的手段罷了。

可是，吳沙華並不知道。對她來說，餐盤裡裝著的，是她這十三年來見過最豐盛的早餐；在這棟房子裡待著的，是她等了十三年終於再次見到的父母。就算她的父母一句話也說不了，就算冥幽城的存在只是為了困住她，但那都無所謂，只要能夠跟她的父母在一起，她就甘願被困。

唐山知道吳沙華此刻正深深地陷在執念裡，一時之間也沒有辦法清醒，於是起身打算離開。離開前他又看了面目糾結的吳沙華一眼，「等妳想走的時候再來黃泉找我，如果妳不走，那我就一直在黃泉等妳。」

流轉在冥幽城的強大氣息，就這樣隨著唐山的離去消失了。

吳沙華花了好些時間才止住了自己的眼淚，並在父母溫柔的注目下，裝模作樣地吃完了餐盤裡的早餐，接著還跟著父母離開了屋子，繞著停在院子裡的車子打轉，似乎是想要和父母一起搭車出遊。

而在那之後，對於唐山說過的話，吳沙華一次都不曾好好思考，當然，對於去尋找執念，或者重返陽界的事也毫不在意，因為現在她的眼中只看得見她的父母，除了父母以外，再沒有什麼能夠讓她覺得更重要的了。

或許是過度專注在父母的身上，連有人悄悄靠近了，吳沙華也沒有察覺。那個人站在吳沙華的家門外，一雙眼睛緊盯著吳沙華，靜靜地看著她和父母的互動，靜靜地看著她因為父母的一舉一動，進而變得滿足高興的表情，越看，就越覺得有趣。

「沙華。」那個人輕聲一喚，笑得詭異。

這個熟悉的聲音擊垮了吳沙華的笑臉，原本站在她身旁的父母，也因為她強烈的保護意識漸漸失去了蹤影。她嚴肅地板起了臉，繃緊神經，盯上了站在不遠處的禪釜尚。

禪釜尚見狀，輕鬆地扯著嘴角笑笑，「不要緊張，放鬆一點嘛！既然妳都已經知道自己是付喪神了，那我對妳就沒有任何威脅性了，而且妳之前不是說想要和我談談嗎？那我們就用付喪神的身分一起玩吧！」繞了一大圈，禪釜尚終於切入正題，「怎麼樣，唐山這麼大費周章找來冥幽城，是還沒有放棄想要帶妳去黃泉的念頭嗎？」

「沒有，他只是要我去找我的執念。」想起了唐山，吳沙華難免凝重，但和唐山之間的事，她說得非常保留、非常清淡，因為她認為不需要也沒有必要告訴禪釜尚太多。

一聽到執念這兩個字，禪釜尚突然大笑，一臉理所當然地說：「妳的執念有什麼好找的，不是已經很清楚了嗎？會出現在冥幽城的人，除了付喪神以外，就只有付喪神的執念了。啊！唐山不算。」他轉著眼珠子，看了看眼前的車子和房子，問著：「這裡是妳家，這是妳家的車，剛剛那兩個人是妳的爸媽，對嗎？他們死了吧？是怎麼死的，被誰『殺死』的，妳比誰都還要清楚啊！那就是妳在冥幽城的原因，就是妳一直在找的『執念』啊！」

禪釜尚字字句句都說得十分肯定，刻意強調的「殺死」和「執念」竄進了吳沙華的耳裡，直達心裡，將她捲進了巨大的漩渦之中。她感到有些痛苦、有些麻痺，腦中不斷想起當年的那場車禍，包括激烈的煞車聲、父母的慘叫聲、刺穿皮膚的劇痛，還有，父母逐漸消失的……體溫。

原來，這就是吳沙華一直想不起來的執念嗎？

隨著意識的擴張，吳沙華的表情和眼神慢慢變了，她埋怨、她不解，她厭惡、她憎恨，最後渾身都染上了一股可怕的氣息。這股氣息聚集了她所有的不滿，陰沉得像是掐住了誰的脖子，企圖把誰狠狠勒斃……

看著吳沙華受到衝擊而出現的變化，禪釜尚揚起了得意的笑，用富帶深沉、不懷好意的聲音提出了邀請：「我們，一起玩吧！」

第六章
你以為的
未必是你真正以為的

入酆山和入酆河依舊陰陽分界、明暗劃分，但彼岸連接著黃泉，本該洶湧的入酆河，此刻卻風平浪靜，反倒是入酆山的沙岸邊，正因為一場激烈的鬥爭掀起了陣陣波瀾。

一個過肩摔迎來的巨響換得了平靜，也將纏鬥在一起的兩個人分了開來。老者平躺在地上，即便這一下摔得很重也絲毫不受影響，只是略略不滿、沒好氣地嚷嚷著：「就知道我都一把老骨頭了，你還這樣摔，是存心想要摔死我嗎？」

唐山俯視著老者，幾分認真，幾分玩笑地挑著眉說：「摔得死嗎？如果你死得了，那也來黃泉吧。等你來了黃泉，我肯定不只摔你，還會把你吊起來毒打一頓，讓你連還手的機會都沒有。」

「有必要把帳算得這麼清楚嗎？」老者一屁股坐起，隨便做做樣子，拍了拍身上的沙塵，悠哉之餘也不忘強調：「怎麼說人，我也都放走了啊！」

唐山才不會被騙，他借著老者坐下，斜眼輕蔑地看著老者，「少在那邊說得這麼好聽，下手這麼重，人都快要被你打死了，還敢跟我討功勞。再說，要不是因為你不小心碰到她，發現她是付喪神的話，你本來是沒有打算要放她走的，甚至還想要置她於死地，想說乾脆直接送她進黃泉比較省事吧！」

老者伸出手指比劃著，「第一、我不知道那個孩子就是你在等的人，突然有生人想要從這裡闖進黃泉，我身為鎮山神能不擋嗎？第二、發現那個孩子是付喪神，然後讓路放她走，是理所當然的事。付喪神自己想進黃泉是好事，既然她都趕著去送死了，我還攔著幹嘛？」

唐山也伸出手指比劃，反駁著：「第一、發現有生人想要硬闖黃泉，你應該先確定她到底是誰，何況像她這麼有把握闖進黃泉的生人並不多，你難道就沒有想過她可能是我說的人嗎？第二、正因為那個孩子是付喪神，又想要去黃泉，你才更應該要攔下她！」

被訓得一臉無奈，老者免不了抱怨：「哼！這年頭鎮山神都沒地位、沒威嚴了，連個小小鬼差都可以爬到我的頭上來，叮得我滿頭包。」也許是心裡憋屈，他忽地態度一轉，指著唐山大聲教訓著：「我告訴你！要不是因為你是唐山，我早就一棍把你轟回黃泉了，還能由你在這裡跟我這個鎮山神放肆嗎！」

「明明是你自己答應過我，不管我出了多大的事，你都會幫我的，現在出了紕漏就想賴帳啊？」唐山說得有憑有據，一個撇頭就無視了老者指責的手指，將眼光放到入酆河的遠處。

「沒事收了小鬼養在身邊就是麻煩，讓了你這麼多年，一不小心就把你寵上天了！」老者嘴上唸歸唸，但其實心裡還是擔心唐山，「我聽說那個孩子是付喪神的事，在黃泉裡傳得沸沸揚揚，可是你連管都不管，還想方設法把她送進冥幽城，惹得一票鬼差巴不得立刻拆了你的台，讓你從黃泉消失。我說你這『唐山』不是一向最守規矩的嗎？為了那個孩子不惜做到這種地步，把整個黃泉都鬧翻了，就不怕你們家那個瘋女人找你麻煩？」

唐山的腦中浮現了老者口中那個瘋女人的身影，忍不住一聲哼笑，不以為意地說：「黃泉那麼多張嘴，那麼多人等著扯我後腿，這麻煩她是找定了。反正想要解決這件事也沒有這麼簡單，做了會挨罵的事肯定還多著，既然都要挨罵了，那就讓我把該做的全都做了，讓她一次罵個夠吧。」

接著唐山想起了吳沙華，不自覺沉著雙眼說了這麼一句：「講規矩，沙華就是我的規矩。」

老者厭煩地搖搖頭，急著撇清關係，「瘋了瘋了！那瘋女人已經夠瘋了，你比她還要瘋。你要和那瘋女人槓上就儘管去，但你要搞清楚一件事，別想拖我下水，那瘋女人瘋起來連我都搞不定，她如果真的有心想要幹掉你，我可是也攔不住的喔！」

唐山沒因此畏懼，還悠悠地說：「我不會讓你跟她對上，也從沒想要把你拖下水，不過倒是想要你把我撈起來。你是鎮山神，把一個小小鬼差從黃泉裡拖出來，小事一樁吧！」

老者一伸手，毫不客氣地向著唐山的後腦勺推了一把，「臭小子！退路都想好了幹嘛不早說，我都一把年紀了，還要我整天為你提心吊膽，不知道這樣很傷腦嗎？」

「這條退路明顯是跟黃泉過不去，你聽了的反應卻只有這樣，擺明就是自己想要跳進來。」唐山指著老者，提醒著：「先說好，之後要是出了事、鬧起來，你不要再說什麼我拖你下水，不要想再把所有的錯都怪到我的身上。」

大概是沒了退路、拉不下臉，老者只好硬著嘴皮胡亂叫囂：「哼！跟黃泉過不去又怎麼了，區區一個黃泉能拿我怎樣，我可是出了名的脾氣差，真要跟那個瘋女人搶人，我也不會輸的。」他一掌拍開唐山的手，煩躁地說：「不要老是用手指著我，小心我讓你連黃泉都回不去！」

唐山輕扯嘴角，奸詐地說：「該說的都說了，該得到的保證也都有了，人呢？」

老者一怔，有些慌張，就連眼神也是頻頻閃爍，「人，什麼人？剛剛不是都說了我已經放走了嗎，她如果現在不在你的黃泉，那就是在冥幽城啊，怎麼還會找到入酆山來。」

「我現在說的不是會動的『人』，是已經不會動的『人』。她進黃泉之後身體就留在陽界了，入酆河是她最後接觸的地方，她的身體肯定在河裡。你在這裡鎮守這麼久，對入酆河的控管一向很嚴格，最討厭河裡有什麼不乾不淨的東西，所以……」唐山凝著雙眼，強勢地問：「人呢？」

「我是怕你會死在那個瘋女人的手上，才答應當你的後盾，給你有個保障，沒想到我小心翼翼怕你鬧事，你卻打從一開始就要鬧事。」老者嘆氣連連，嚷嚷著：「那個孩子已經死了，又一心想要去黃泉，你乾脆就趁這個機會，不管讓她用付喪神的身分也好，用亡者的身分也好，在黃泉裡按照黃泉的規定送走她，這樣不就好了，為什麼非得要把事情弄得這麼複雜，非得要送她回陽界不可啊？就算你今天送她回陽界，她總有一天還是要去黃泉的啊！」

「她去黃泉的理由不是付喪神按照規定的那種，所以就算她真的是自己踏進黃泉的，也只能『對付』她，沒有辦法『送走』她。你知道她這個付喪神的身分是我可以改變的，但你不能因為這件事你覺得辦起來很難，就要我草草了事，而且如果我一開始的目的，只是很單純地要送她進黃泉，那我為什麼還要等她這麼多年？」唐山的立場堅定，一條一條仔細地解釋著，完全不受老者的話動搖。

老者露出了嫌惡的表情，受不了地一直搖頭，「你還是少來入酆山找我，免得我整天這樣被你煩得精神衰弱、瀕臨崩潰，哪天就突然斷氣了也說不定。」

「斷氣好啊，反正我就在黃泉等你，看你不當鎮山神，想改行當鬼差還是閻王都可以商量，我會想辦法弄個好缺給你。」唐山雖然是在開玩笑，但臉上的表情卻認真得讓人完全不敢笑。

「呿！不交出那個孩子的身體，就又要威脅我了是吧！入酆山就這麼可怕，連個身體都沒辦法交代了嗎？」老者癟著嘴，不高興地瞪著唐山。

「身體是她的執念，她身為付喪神一定會找到這裡來。我謝謝你想替我保管的好意，但如果真的讓付喪神追到這裡，肯定不是被你嚇死就是被你打死，所以還是算了吧！」唐山婉拒之後，也跟老者表明了自己的想法，「保存身體的方法我已經想好了，也可以利用她想找到身體的這件事，把她引去她該去的地方，要是一切都順利的話，她回陽界的事就會變得更容易。」

老者本來還想要頂嘴，但輕鬆的臉色卻在瞬間一沉，就連眼前被黑暗籠罩的入酆河，也在不知不覺間起了變化。他和唐山彼此交換了一個凝重的眼神，說著：「你該走了，再不走就要出事了。那孩子的身體由我來負責送，時間上的安排也會調整控管，不會造成陽界的斷層，放心吧！」

唐山也察覺到了，在匆匆趕著離開之前，落下了一句：「你是鎮山神，真的要認真起來辦的事，哪有什麼好不放心的，交給你了！」

❖　❖　❖　❖　❖　❖

明明是夕陽正刺眼的時候，一場突來的暴雨卻引來烏雲鋪天，掩蓋了光線也昏暗了視線。一輛拖板車穿梭在大雨間，行駛在高速公路上，它不但不減速，平均速度還快得明顯違規，危險得讓線道上的車輛紛紛讓路躲避，避免不小心發生事故會受到牽連。但拖板車本身卻急得像是要去送死一樣，連大弧度的彎道就近在眼前，也完全不見它有煞車的跡象。

終於，拖板車衝出了護欄，整台車騰在半空中，一下子就重重墜落在高速公路旁的坡道上，沿路翻滾而下。拖板車受到嚴重的撞擊和擠壓，車體不但完全變形還破碎四散，任誰都覺得車內的駕駛大概凶多吉少了，可是，駕駛卻奇蹟似地毫髮無傷，而且還在警消趕到之前就從車子裡自行脫困了。

「……陰雨？」唐山板著臉，站在破爛的拖板車上，一雙眼睛先是望著大片的雨水轉了轉，然後才帶著極度的不悅，直視著站在他眼前的人。他冷冷地問：「我讓妳去找妳的執念，妳現在又是在這裡做什麼？」

同樣站在破爛的拖板車上，吳沙華的眼睛卻一刻都離不開剛剛從駕駛座裡爬出來的那個男人。她伸出手指著，滿是怨念地說：「他就是我的執念。」

「他不是妳的執念。」唐山想也沒想，立刻反駁。

「他是！」吳沙華激動得一聲大吼，這才把目光放回到唐山身上，「這麼多年我都沒有想過要找他，要不是現在看到了，我都不知道原來我有這麼恨他！如果不是他，我的爸媽也不會死，憑什麼我家破人亡，他卻一點事都沒有！而你，又憑什麼在這種時候救他！」

「妳這麼多年都沒有想過要找他，是因為他根本就不是妳的執念！」唐山的臉色一沉，鄭重提出警告：「付喪神會想盡辦法把和執念有關的人事物拖進漩渦，這對黃泉的鬼差來說的確是不能管，但！這個人不是妳的執念，也與妳的執念無關，如果我都這麼說了，妳還非要對他動手不可的話，那就不要怪我用黃泉的方法帶妳走。」

「鬼差和付喪神互不干涉，以前我不知道我是付喪神，什麼事都聽你的那就算了，現在我知道我是付喪神了，所有事都由我自己作主。」吳沙華高傲地抬起下巴，狠狠地瞪著唐山，「你想要動我，恐怕沒有那麼容易了！」

唐山忽略了吳沙華的威脅，逕自說得堅定：「妳是付喪神又怎樣，在妳還沒有想起執念之前，妳就是付喪神裡的『例外』，而那種『例外』，歸我管！」

「是嗎？那我們就試試看啊！」吳沙華轉頭又盯上了倚在坡邊喘息的拖板車駕駛，不出幾秒，駭人的爆炸聲直衝天際，拖板車車體也在瞬間燒成了一片火海。

無論是利用爆炸炸死駕駛，或者是利用爆炸後的火勢，將駕駛燒得面目全非都好，反正摔不死駕駛，吳沙華就藉此繼續製造接二連三的災難，非得要致駕駛於死地不可。但唐山不管是眼力還是動作都比吳沙華快了一點，早在吳沙華盯上駕駛的時候，他就已經替駕駛找好了活命的方法，爆炸一起，在刻意阻擋之餘，也讓駕駛由著爆炸的震撼波動，順勢跌進了一旁的淺溝裡，讓溝道妥善地掩護著。

收到通報的警車和救護車嗚著笛聲紛紛趕來，救難人員下到護欄旁的坡道邊，有些趕著將駕駛從淺溝中拉上來、移上擔架、送上救護車，有些則是忙著撲滅爆炸引起的大火。多虧那場下得猛烈的大雨，火勢很快就被控制、撲滅了，確定現場再也沒有其他傷患之後，救護車就一一離開了，當然也包括了那台載著拖板車駕駛的救護車。

吳沙華見狀，急著想追，但身體卻沒來由地一陣悸動，竄得她有些麻痺。待這股感覺稍稍退去後，她仍為想跟著駕駛追到醫院去的念頭感到衝動，可是這次，她卻顧慮起身旁的唐山了。唐山明知道她要追，卻不打算出手阻止，甚至連一句警告的話都沒有說，只是一直站在原地，像是在等著她走一樣。

其實唐山一開始本來也是想要跟著追上去的，可是當他看到吳沙華的身體出現莫名的反應之後，就突然打住了。此刻吳沙華表現出對他的忌憚，他當然也知道，於是他大手一揮，不避諱地為吳沙華指引了救護車離去的方向，「想去就去啊，非要追，我也不會攔妳。追到之後，會不會下手、能不能下手，妳的執念會告訴妳。」

雖然不知道唐山說的話是什麼意思，但既然唐山不攔，那她也沒有理由停下。吳沙華拋下了唐山，頭也不回地拚命追趕，最後消失在大雨中，消失在唐山能見的視線裡。

吳沙華走遠了，可是唐山卻不走，只見他憑空拉出了一條黑色的繩索，並用力一甩，把繩子抽向了隱密的草叢間，接著猛地一扯，就這樣無預警地將一直躲藏在暗處的禪釜尚拖了出來，大喇喇地暴露在天空之下。

禪釜尚輕蔑地一聲悶哼，「你居然知道我在這。」

唐山收回了纏在禪釜尚腰間的繩子，邁步走到禪釜尚的身邊，任由自己長長的影子將他籠罩，「能挾著陰雨出現的，多半都是連骨子都已經壞掉的付喪神，憑沙華現在的心念，是不會有這樣的本事的。所以除了一直跟著沙華的你正在附近以外，沒有其他的可能性了。」

禪釜尚稍嫌狼狽地爬起身，但語氣卻不改輕佻地問：「你的意思是說沙華還不夠壞嗎？能夠毫不猶豫就毀掉一台大車，甚至還引發爆炸、大火，只為了讓她的執念死於非命，這樣，難道還不夠造成陰雨嗎？看來你好像不太了解沙華啊！」

「利用魏書恆引誘沙華到冥幽城、誤導她的執念，讓她主動去攻擊拖板車，藉機殺死車上那個男人，這些全都是你的主意吧！真正壞到骨子裡的人，應該是你才對，而且就算沒有沙華這些事，你也早就已經壞到骨子裡了。」

禪釜尚嘲諷著：「我不過只是說了你不了解沙華，你就把矛頭指向我，說得很像很了解我一樣。」

「你進陽界混入百鬼遊行那天，知道了沙華看得見鬼的事，所以本來想要帶走她，但後來意外發現沙華也是付喪神，你就改變了心意，帶走了毫不相干的魏書恆。事情說起來雖然是這樣，可是你的目標仍舊是沙華沒有變，你會帶走魏書恆只是為了引誘沙華到冥幽城而已。不過也還好魏書恆跟你毫不相干，你的執念再強大也不能隨便對他動手，把魏書恆留在身邊對你來說一點用都沒有，再加上沙華已經追到冥幽城了，魏書恆留得越久就越有疑慮，於是你為了省麻煩，就乾脆把人扔回了陽界。現在魏書恆不但性命無虞、毫髮無傷，而且還活蹦亂跳的，連剩下的壽命都沒有受到任何影響。」

「那個男孩子現在怎麼樣一點都不重要，重要的是沙華認同了自己是付喪神的身分，而且也已經願意留在冥幽城了。」禪釜尚一抹笑掛在嘴邊，得意地說：「沙華本來就是付喪神，她忘了自己的執念、沒了記憶，沒有辦法靠自己的力量回到冥幽城，這樣不是很可憐嗎？我這是在幫她。」

為了應付禪釜尚那副討人厭的嘴臉，唐山的態度也順勢變得隨便，他漸漸擺脫了黃泉管事正經嚴肅的樣子，表露出有些挑釁、有些危險的氣息，「像你這樣的付喪神不能動、不能殺，對鬼差來說是很頭痛的事，不如早點解脫，自己進黃泉吧！我會提醒其他鬼差寬待你一點，不然憑你這些年跟黃泉結下的樑子，一踏進黃泉，肯定就只能等著被仇家千刀萬剮了。」

禪釜尚信心滿滿地一個昂首，「我可不是付喪神裡的那種『例外』，你想要送我進黃泉，要不要先去問看看閻王肯不肯？」

唐山卻忽地輕扯嘴角，充滿自信的樣子看來比禪釜尚更有把握，「看你不順眼的人這麼多，就算你不去黃泉，不讓我親自料理你，也會有人等不及要出面處理的。」

那樣的把握看在禪釜尚眼裡不但不尋常，還化作陣陣不安飄盪在他的腦中，讓他不禁多了幾分謹慎和防備，「你這是……什麼意思？」

「黃泉既然管不了付喪神，那就讓管得了、管得動的人去管吧！」唐山說得瀟灑，轉身離去前還高傲地拋下了一句：「我是唐山，不管在不在黃泉，我都是唐山，你鬥不過我的。」

繚繞在禪釜尚心頭的不安遲遲沒有散去，他下意識地伸手撫著腰間，這才赫然驚覺他一直掛在腰間的那個破壺不見了，八成是剛剛唐山從他腰間抽回黑繩的時候，一併帶走了。

失去執念的禪釜尚勃然大怒，瘋狂地追逐著破壺的去向。

❖ ❖ ❖ ❖ ❖ ❖

醫院空調的溫度本來就偏低，但在那輛從事故現場回來的救護車一抵達門口的時候，急診室裡就冷得更加刺骨。只是令人不禁打顫的，似乎不是過度的寒冷，而是在不知不覺間，瀰漫遍布的詭異氛圍。

這種詭異感是吳沙華帶來的。她一路尾隨拖板車駕駛到了醫院、進了急診室，一刻都沒有放過，就連現在駕駛已經結束重重的檢查和診療，回到急診室的大廳裡休息等候了，她也是一直佇立在駕駛的面前，咬著牙狠狠地瞪著。

吳沙華滿腦子都是仇恨，她看著眼前，近得幾乎一傾身就會直接撞上的駕駛，越看就越不滿。她悄悄地舉起手，弓起手掌，讓使勁的手爪對準了駕駛的胸口，接著以一雙怒目當作行動的訊號，那聚集所有氣憤、緊繃、埋怨等等複雜情緒的手，就這樣毫不猶豫地向著駕駛的心臟衝去。

明明身邊不見半個人，周遭也沒有任何的障礙物，好端端站著的駕駛卻像是被誰推了一把一樣，硬是往後摔了一跤，不過就是因為這莫名其妙的一跤，讓他躲過了吳沙華的手，暫時保住了一條命。

兩個人之間的距離這麼近，吳沙華出手的速度也絕對不算慢，在這種情況下還能幫駕駛脫困的，就只有一個人了。果然，吳沙華轉頭一望，馬上就看見了站在走廊上的唐山，她垮著臉，冷冷地問：「如果我一直追殺他，你就打算一直幫他嗎？」

「他不是妳的執念，妳不能殺他，妳如果殺了他，那就真的會和黃泉為敵，只能一直當個付喪神了。」唐山邊說邊走近，不久就停留在駕駛的身邊，想表達的意思淺而易見。

「哼！我本來就是付喪神，你如果執意要維護他的話，那我和黃泉為敵就是遲早的事。」吳沙華凝著眼，警告意味濃厚地說：「不！我只會與你為敵，唐山！」

突然，一陣鈴聲響起，來源是駕駛的上衣口袋。駕駛拿出手機看了螢幕一眼，知道來電者的身分之後，先是微微一笑，然後接通了電話，非常溫和有禮地應對著。

「沒事沒事，我現在人在醫院剛做完檢查，醫生說我身上只是有些擦傷，擦點藥就好了。」駕駛頓了頓，認真聽著對方的回應，又急得接著說：「你要來醫院看我？不用不用！我真的沒事。我是坐救護車來醫院的，在救護車上醫護人員有先幫我看過傷勢，到醫院之後也有醫生幫我做進一步的檢查，現在只要等拿到藥就可以走了，真的不用麻煩你特地跑一趟！」

吳沙華雖然和唐山對峙不下，但也不斷打量著唐山的動靜，她察覺到駕駛講電話的聲音多少分散了唐山的注意力，於是一邊緩緩地，看似有意無意地更靠近駕駛，一邊在駕駛身上尋找著致命的弱點。殺死駕駛的機會只有一次，而且動作一定要比唐山更快。

「你現在也在這間醫院！為什麼？」駕駛一臉驚訝地問著，這時，吳沙華已經出手了。但吳沙華的手爪卻在觸碰到駕駛之前打住，一張猙獰的臉也在瞬間凝結，只因為駕駛和對方說了這些話，「你說找到沙華了，是真的嗎？她現在也在這間醫院！好！你在幾樓，你在那裡等我，等我喔！我過去，我現在馬上就過去！」

吳沙華不但從駕駛的口中聽見了自己的名字，還清楚地從駕駛的語氣中感覺到了一種又是心急、又是喜悅的情感，而那種情感是駕駛對於「找到沙華」的這件事所透露出來的。正因為這樣，才讓她更加混亂。

既慌張又心亂的吳沙華匆匆跟上了駕駛的腳步，搭上電梯一路到了九樓，只是當電梯門一打開，站在電梯門口迎接駕駛的人影映入眼中的那一煞那，吳沙華竟瞪大了雙眼，震撼得渾身發顫，還不自覺地喊出那個人的名字，「……仕、仕鴻爸爸？」

「石卿你來了！」魏仕鴻仔細地打量著周石卿的身體，越打量就越放心，「你看起來沒事，沒事就好了！我剛剛在病房看到新聞，新聞說車禍現場很嚴重，還爆炸，我看那拖板車的公司還有駕駛資料都很像你，不放心才想說要跟你聯絡一下，結果沒想到還真的是你！」

「不用擔心，我沒事！沙華呢？你不是在電話裡說已經找到沙華了嗎？她現在在哪裡、這幾天發生了什麼事、會留在醫院是不是因為受傷了，傷得很重嗎？」對於自己的情況，周石卿只是輕描淡寫，但說起吳沙華，他卻問得很急、很慌，彷彿吳沙華對他來說是什麼很重要的人一樣。

吳沙華在一旁看著、聽著兩人的對話，她不懂為什麼魏仕鴻會跟周石卿這麼親密，也不懂他們這樣的關係是從什麼時候開始的，更不懂魏仕鴻為什麼要主動告訴周石卿跟她有關的事。除了不懂魏仕鴻的所作所為以外，吳沙華也不懂周石卿為什麼要表現出一副非常關心她、在乎她的模樣，這些關心和在乎全都讓她看得頭皮發麻，隱隱作噁。

「跟我來。」魏仕鴻輕輕拍了拍周石卿的手臂，引導周石卿往病房的方向走，邊走還邊簡單地說明：「沙華溺水了，聽說是在入酆河那邊，被山邊一家寺廟的師父發現救起來的，昨天才剛轉院回來這裡。我問過那個師父，但他好像對事情的發生了解不多，所以沙華為什麼會去入酆山，又為什麼會溺水，現在也不太清楚。」

「入酆山，沙華沒事跑到那麼遠的地方做什麼？」周石卿皺起眉頭一臉困惑，不解地喃喃幾句之後，又焦急地問：「那、那沙華現在怎麼樣了，身體還好嗎？」

魏仕鴻輕嘆了一口氣，憂心地搖搖頭，「嗆進肺部的水已經吐出來了，醫生檢查也說生命跡象都很正常，但不知道為什麼就是醒不過來。」

「醒不過來？」周石卿掛在臉上的焦躁和擔心越來越明顯，甚至一見魏仕鴻停下腳步，確認眼前就是吳沙華所在的病房之後，還搶著推開了房門，先一步闖進了房間。他來到病床邊，用滿是心疼的目光看著吳沙華，焦急得不停輕喚著：「沙華、沙華……」

跟在兩人身後的吳沙華也隨即踏進病房，但不論是那個躺在病床上的自己、儀器中頻率平穩的數據和波動，還是比起魏仕鴻，周石卿那讓人無法理解的激動和急迫，眼前所見到的每一件事，全都讓她愣得無法反應。種種的不合理和不尋常堵塞了她的思考，它們膨脹、沸騰，最後形成了一股壓力，而這股壓力在察覺到唐山踏進病房的同時炸開了，將吳沙華整個人炸得失去理智、變得瘋狂。

在唐山面前，吳沙華是刻意的，也是無法抑制的，她指著眼前的一切大聲咆哮：「怎麼回事！這到底是怎麼回事！我不是已經死了嗎？為什麼我還在這裡，為什麼我還好好地躺在這裡？還有這個人！這個人又是為什麼會出現在這裡，為什麼會和仕鴻爸爸有關係，為什麼要來看我？」她稍稍打住情緒，將失控轉為更多的怒氣，「我知道了！他覺得害死我的爸媽不夠，現在還想要接近仕鴻爸爸、接近我，他想要殺了我們，想要殺了我們！我要殺了他，我一定要殺了他！」

在吳沙華還沒真正撲向周石卿，唐山也還沒真正出手阻止吳沙華的時候，病房的門又被推開了，這次走進來的是白雅娟。

白雅娟手上拿著一杯剛剛去茶水間裝的溫開水，一進門就看到魏仕鴻和周石卿。她輕輕瞥了周石卿一眼，隨後馬上收回了視線，那眼光看起來雖然沒什麼好感，但也沒有表現出任何驚訝或激烈的反應，彷彿這不是她第一次見到周石卿，也彷彿她一直都知道周石卿的存在，甚至還和周石卿之間保持著某種關係。

纏繞在吳沙華身上的殺意突然消散得無影無蹤，取而代之的是深深的背叛感。將白雅娟所有細小的舉動都看在眼裡的吳沙華，此刻只覺得渾身無力，既失望又絕望地說：「居然……連雅娟媽媽都知道嗎？」

❖ ❖ ❖ ❖ ❖ ❖

即便從白雅娟身上明顯感受到了迴避和排斥，但周石卿還是非常謹慎恭敬地向她鞠躬致謝：「魏太太，謝謝妳和魏先生願意讓我來看沙華。」

魏仕鴻在一旁聽了，立刻糾正：「什麼魏先生、魏太太，我們都認識多久了，你還這麼拘束！直接叫名字就好了。」

「不行！我很感謝你們肯在那件事情上寬容我，可是如果我因為這樣就鬆懈了，反而會對不起你們。我必須記得我犯下的錯，必須警戒自己，就算已經得到了你們的原諒，我也不能輕易寬恕自己，不能忘記我們之間是肇事者和受害者的關係。」周石卿雖然說得很堅定，但越說頭就垂得越低，聲音就發顫得越嚴重。

白雅娟連看都不想看周石卿一眼，對周石卿說的話更是無動於衷，她只是直勾勾地看著躺在床上的吳沙華，冷漠地說：「你要怎麼想，那都是你的事。我的女兒隨時都有可能會醒過來，我不希望她醒來的時候會看到你在這裡，我還沒有準備好讓你和她見面，我想她也還沒有準備好，所以如果你已經看到了，也看夠了，那就請你回去吧。」

在這番話面前，周石卿既愧疚又自卑，他用幾乎聽不見的細小聲音，怯懦地回應著：「……我知道魏太太的意思。那、那我先走了，如果有什麼需要我幫忙的地方，請一定要告訴我。」

周石卿的無地自容讓魏仕鴻看了很難過，但魏仕鴻也沒有因此開口緩頰，試圖替他去降低白雅娟的防衛心，因為魏仕鴻很清楚白雅娟的防衛心都是為了保護吳沙華，都是因為心疼吳沙華。作為一個丈夫和父親，縱然感到兩難，也實在沒有辦法不站在妻子和女兒的這一邊。

魏仕鴻只能輕拍周石卿的肩膀，以表示些微的安慰，「我送你下去吧！放心，沙華有我們看著，不會有事的。如果她醒了，或者有什麼狀況的話，我也會再跟你聯絡的。」

「謝謝、謝謝……謝謝魏先生，真的非常謝謝你！」周石卿激動得一連說了好幾次謝謝，好像那些謝謝說得再多，都無法表達他到底有多感激。

周石卿和魏仕鴻相偕離開了病房，唐山也在確認吳沙華現在最關心的是白雅娟，以及周石卿暫時不會受到吳沙華的威脅之後，無聲無息地離開了。病房裡只剩下白雅娟和兩個吳沙華，她們一個躺在床上，另一個則是倚在牆邊，雙手環抱在胸前，用充滿責難的眼神死盯著白雅娟不放。

吳沙華似乎是在等待一個合理的解釋，而白雅娟也像是了解吳沙華的想法一般，在誰也不在的病房裡，對吳沙華抿起了一抹微笑，並伸手反覆地順著吳沙華的頭髮，溫柔而輕巧的。

「見到那個人出現在這裡，嚇到了吧！對不起一直沒有告訴妳，但媽媽是因為怕妳難過，怕妳見了他不能接受，所以才會這麼多年過去，什麼都沒有說。其實媽媽真的也沒有什麼別的心願，只想要好好保護妳而已。」白雅娟拿起棉花棒往剛剛裝的溫開水中沾了沾，然後輕輕細細地點在吳沙華的嘴唇上，「妳剛剛聽到他說他已經得到了爸爸和媽媽的原諒，是不是很生氣？是不是覺得爸爸和媽媽怎麼可以沒有得到妳的同意就原諒了他；是不是覺得爸爸和媽媽怎麼可以輕視妳的傷痛，這麼容易就原諒了他？」

白雅娟將棉花棒扔進一旁的垃圾桶，就這樣一直低著頭，看著垃圾桶裡的棉花棒愣了半晌，像是在回憶這些年，也像是在思考該用什麼樣的方式去跟吳沙華解釋，整個人幾乎都沉進了這過分安靜的沉重裡。直到一陣風吹過，震動了窗戶，發出了些微的聲響，這才讓她肩膀一縮，猛地回過神來，用一個深呼吸讓自己提起了精神。

「……說是煞車故障，聽起來就像是什麼無可奈何的事，雖然去了法院也給了刑責，但法官看在他有心認錯、和解和彌補，為了給他一個能夠改過的機會，最後還是輕判了。那時候我好生氣、好生氣！畢竟是兩條人命，還讓一個四歲的孩子變得無依無靠，只給了我『煞車故障』四個字當作解釋，是要我怎麼接受？尤其當我抱著妳，妳卻只是不停大哭的時候，我就覺得為了妳，我一定要記得我恨他，一定要一輩子都這麼恨他，這樣才對得起妳和妳的爸媽。我和仕鴻從來就不隱瞞妳和我們非親生的關係，是因為我們對妳全心全意，而且有信心能夠成為和妳爸媽一樣疼惜妳、對妳好的人，只是隨著時間過去，我漸漸發現除了我們以外，還有一個人也同樣疼惜妳、對妳好，對於照顧妳、關心妳的一舉一動，有時候甚至比我們還要細心、還要激動，那個人就是周石卿。

「妳第一天上幼稚園，他比我們還要緊張；妳幼稚園畢業那天，他高興得躲在牆邊哭了一整個上午。記不記得那天妳和書恆都各自收到了一束花，可是妳回家之後又收到了另外一束？那是周石卿送的，他不敢去畢業典禮，也不敢開口麻煩我們，只好等我們都出門了，才安靜地把花放在家門口。後來的日子一直都是這樣，不管是大事小事，只要是跟妳有關的事，他全都願意支持、協助，也真心為了妳的開心而開心、為了妳的難過而難過，就連妳能見到一些『特別的東西』，他也知道、也擔心，時不時就和妳爸爸討論這件事，天天都害怕這件事會造成妳生活上的困擾，或者是體質上的傷害，天天都希望妳能過得更安穩一點。」

白雅娟的手輕輕撫上了吳沙華的手背，語重心長地說：「說他做了這麼多是為了贖罪，或者純粹只是良心不安都好，至少這些都是他發自內心想要為妳做的。只要他願意守護妳，願意讓自己成為一個愛妳、疼妳的人，身為一個母親，我都願意接受，與其要妳的人生多一個讓妳埋怨的人，讓妳痛苦，我寧可要妳的人生多一個愛妳的人，讓妳幸福。」她隨後貼近吳沙華的耳邊，略帶淘氣地允諾著：「不過別擔心，在我的女兒原諒他之前，我是絕對不會給他好臉色看的。我啊！永遠都要跟我的女兒站在同一陣線，永遠！女兒啊，妳知道嗎？我和仕鴻決定收養妳的時候，別人都說是因為妳死了爸媽，我們出於同情才這麼做的，可是我哪裡需要同情妳呢？妳媽媽是我最好的朋友，妳是妳媽媽的女兒，早在妳出生的那一刻，妳也就是我的女兒了，我像妳媽媽一樣愛妳、疼妳都是天經地義的。不管我們是經歷了多少的不幸才這樣成為了母女，但我一直都很感謝妳能是我的女兒，我的女兒，女兒啊……」

在淘氣之間帶上的淺笑還掛在嘴邊，但聲聲喚著的「女兒」，卻讓白雅娟眼眶裡的淚水湧了出來。她再也壓抑不住內心的痛苦和焦慮，哽著不順暢的呼吸就忽地崩潰痛哭，「女兒啊！我的寶貝啊！妳怎麼就變成這樣了啊？妳睜開眼睛看看媽媽好不好、好不好嘛！妳看看媽媽、看看媽媽嘛！媽媽還想要跟妳一起出去玩，還想要看妳高中畢業、大學畢業，還想要看妳穿婚紗，看妳笑得很幸福、很幸福的樣子，妳現在這樣，是不要媽媽了嗎？還、還是妳覺得媽媽哪裡做得不好，哪裡惹妳不開心了嗎？只要妳說、只要妳肯說，媽媽都會改、會注意，妳不要什麼都不說就丟下媽媽啊……不要啊……」

吳沙華臉上的表情從一開始的不解，漸漸軟化，到最後變得無比沉重，甚至還有些不知所措，而她的一對耳朵更是從一開始聽著冷靜的說明，到現在只剩下白雅娟撕心裂肺的哭吼聲還在迴盪。她不想聽，也不敢再聽了。

看著白雅娟痛哭失聲的模樣，一股莫名的迷惘在吳沙華的心裡層層堆起，讓她對周石卿不知道是該繼續抱著憎恨，還是就此放過，又或者一切就像唐山說的，其實她對周石卿本來就沒有那種負面的情感，周石卿並不是她尋尋覓覓的執念。

怎樣也理不出頭緒的吳沙華，最終只能不斷搖著頭，默默從病房裡消失。

第七章
萬念俱灰的人不求死 求的是生存的可能

冥幽城一片寂靜，向來趾高氣昂的付喪神，面對此刻的狀況，似乎已經連議論都做不到了。某些本該出現在冥幽城、應該在冥幽城的東西，悄悄不見了，沒有人知道發生了什麼事，也沒有人知道事情是什麼時候發生，又是怎麼發生的，反正，它就是不見了。

剛從醫院回到冥幽城的吳沙華，佇立在禪釜尚的執念前久久無法離開，或許該說這個地方已經是禪釜尚「從前」的執念了。吳沙華現在眼前能見的只有一片空蕩，無論是過去那間被燒毀的大屋，還是那個老舊不起眼的小倉庫，都已經不在那裡了，甚至連吳沙華踩進了原本該是強烈排斥的地盤範圍，也完全感覺不到任何抗拒了。

禪釜尚從冥幽城消失的事，認真說起來和其他付喪神一點關係也沒有，但他們就是不得不顧慮、不得不防備。畢竟禪釜尚當了幾近百年的付喪神，是絕對不可能輕易放下執念踏進黃泉的，而既然禪釜尚去的地方不是黃泉，那麼會是誰，又會是怎樣的地方有本事、有能力「消滅」禪釜尚呢？

只是比起其他付喪神對那股「未知」的忌憚，對自身的存活與否感到威脅、焦躁，吳沙華倒是冷淡很多。她踩著一步步看似平穩卻沉重不堪的步伐，安安靜靜地回到了家裡，一開門就看到唐山的身影，大概是因為這是第二次見到唐山出現在家中，所以她一點都不意外了。

「唐山明明就在冥幽城，但冥幽城現在的緊張感卻不是因為唐山，而是因為丟了一個禪釜尚。」吳沙華字裡行間藏著嘲諷，雖然她也不太明白事情的始末。她走到唐山的對面坐下，餐桌上其他位子還有她的父母，「他們都以為這件事情是『別人』做的，都以為出現了一個比唐山還要讓他們畏懼的人，可是，是你吧？讓禪釜尚在一夕之間拋棄執念、消失不見的人，是你吧？只是禪釜尚的執念這麼清楚、這麼重，你是用什麼方法讓他放手的？」

「妳猜得對，也不對。第一、這件事的確是我的主意，但不是我做的；第二、禪釜尚放下或不放下執念，都不是促成手段的必要條件，我的目的就只有讓他消失而已，其他的我都不管。」唐山的眼神依舊平常，他無謂和禪釜尚之間的勝負，因為他的能力一直以來都遠在禪釜尚之上。

一聽不是唐山親自動的手，吳沙華反倒覺得奇怪了，「不以執念去和付喪神拉扯的鬼差，卻消滅了付喪神，怎麼辦到的？」

「執念只是用來束縛付喪神和黃泉的破東西，凡是不在黃泉之內的，全都不受執念影響。」唐山伸出手指，向著上方比劃，「論階級，在黃泉之上的大有人在，想插手教訓付喪神、看不慣付喪神的人滿街都是，只是礙於付喪神是一種靈體，隸屬於黃泉，而既然權限最大的黃泉都不管了，大家也只能睜一隻眼閉一隻眼，放任付喪神了。還記得入酆山的老乞丐嗎？我把禪釜尚的茶壺扔到入酆山，禪釜尚為了執念自然會去一趟。那老乞丐可不是什麼省油的燈，他最討厭這種到處亂跑、不守規矩的髒東西了，一旦禪釜尚踏進他的地盤，想出來可就難了。」

吳沙華回想起那名老者，確實是很難纏，不過應付的對象是她那就算了，這次找去入酆山的可是禪釜尚，她可不覺得老者可以和禪釜尚對抗，「一個和尚也有辦法對付付喪神嗎？」

面對吳沙華的質疑，唐山不禁嗤笑，「哼！那個老乞丐可是入酆山的鎮山神，他連一般的孤魂野鬼都容不下了，更何況是付喪神這種為執念所瘋的陳年老鬼。除非是自己趕著要去黃泉的鬼，比方說像妳，才能從他手上安然離開入酆山，否則就只能就地消失。黃泉真的那麼不想管，那就讓鎮山神去管吧！」唐山挑著眉，悠哉地說：「鎮山神都親自動手了，也不會有人敢說什麼的，對吧！」

從沒想過那個老者居然是鎮山神，要不是他刻意放過，吳沙華那天絕對不可能闖得過入酆河，肯定是要死在入酆山的沙灘上了。想到這裡，吳沙華的肩膀不禁猛地一縮，不敢再想下去了。

「你來冥幽城，就是想要跟我炫耀這件事嗎？」吳沙華稍稍垂下眼，忍不住迴避了視線，因為她突然覺得眼前的唐山有點可怕。

只要一個念頭使然，那些唐山想要的、想做的，就非要到、非做到不可，而且，也絕對有本事要得到、做得到。要說起禪釜尚是為了執念而變得瘋狂，令人詬病，那麼這樣揮霍權力的唐山難道就稱得上是和善、正派嗎？

「當然不是，我一點都不關心禪釜尚會變成什麼樣子，倒是妳，去了一趟醫院，找到執念了嗎？」唐山的態度是認真的，他是真的只關心吳沙華的執念，不在乎禪釜尚的死活。

可是這麼一聽，吳沙華卻更在意起禪釜尚了，滿腦子都是稍早在禪釜尚的執念前佇立的景象，越想，疑惑就更顯得沉重。她先是輕輕地搖了搖頭，用滿滿的失落去回應執念一事，然後又問起：「禪釜尚他……不是都已經殺光了主人的後代了嗎？都已經報仇了，為什麼他的執念還是那麼重，為什麼還非要把主人的房子留在冥幽城？」

「他最想殺的其實是他的主人，因為做不到，所以就算他殺光了所有跟主人有關的人，執念還是不會減輕散去的。」唐山輕易地解釋了這個問題，但隨後又感到可惜地說：「不過比起報仇，他可能更希望他的主人能夠再次將他從倉庫裡拿出來吧，畢竟他已經等了一百多年了。這，才是他執念的盡頭，他真正希望、期盼的事。」

吳沙華一邊思考著唐山說的話，一邊將目光游移在父母的身上。禪釜尚因為還帶有對主人的埋怨，所以即便大屋已經燒得精光，那也是不加思索地留下，而如果吳沙華的執念真的來自於周石卿，又為什麼在這個屋子裡、在她眼前所見的所有東西，沒有一樣是跟周石卿有關的呢？就連停在外面的那輛車子，也不是車禍當時撞毀的模樣。

「如果我的執念不是那場車禍造成的，那我真的不懂……」

唐山截斷了吳沙華的話，搶著說：「妳的執念是那場車禍造成的，只不過造成的對象不是妳以為的周石卿。聽好了，以禪釜尚來說，茶壺是執念的『物』，主人是執念的『人』，被主人拋棄則是執念的『事』；而妳，造成執念的『物』是妳的身體，造成執念的『事』是那場車禍，那麼，造成執念的『人』會是誰呢？」

「你是想說，我的執念是因為我的爸媽嗎？」也難怪吳沙華會這麼想，因為放眼望去，在這個屋子裡能被稱為執念的「人」，大概就只有吳沙華的父母了。

可是這種想法卻不被唐山接受，他撒了口氣，耐心地說：「再想想吧！這十三年來，妳不是一直都在做同樣的事嗎？那就表示妳從來就沒有忘記過妳的執念啊。」

吳沙華一愣，緊緊地皺眉，「……我一直都在做同樣的事？」

正當吳沙華感到迷惘、深陷其中的時候，吳沙華的媽媽卻突然站了起來，只見她走進廚房一會兒之後，就又端著兩個餐盤走了出來，吳沙華下意識地向外一看，原來是外面的天亮了。只要外頭天一亮，吳沙華的媽媽就會逕自做起早餐，然後端到吳沙華和丈夫的面前，用溫柔的目光站在一旁看著他們兩個人吃早餐。

想著所有與執念有關的事，再看著媽媽此刻的舉動，吳沙華緩緩一個深呼吸，不過一個不經意地眨眼，眼眶竟就掉出了豆大的淚珠，「原來是這樣，原來造成執念的那個『人』，是我自己啊……」

❖ ❖ ❖ ❖ ❖ ❖

離開冥幽城再次來到醫院，已經是十幾天後的事了，眼前這棟白色的建築物看起來依舊冷漠，但此刻的吳沙華卻和十幾天前那種匆忙、急躁，甚至還滿腹怨懟的模樣完全不同了。

吳沙華仰著頭，靜靜地望著一格一格佔滿外牆的窗戶，在這裡，擁有其中一扇窗的病房中，躺著她自己。她現在的心情就像是要去探望某個很重要卻充滿隔閡的人一樣，雖然緊張期待，可是又隱隱透露著抗拒，這樣的矛盾感困擾著她，讓她遲遲無法邁出腳步。

一隻帶有白蹄的黑貓抬著頭，晃著尾巴，悠悠地在吳沙華的身邊打轉。吳沙華在瞥見之後，難掩的煩躁感就全都衝了上來，讓她非常不悅，「有什麼話就快說，不要老是在我面前晃來晃去。」

獨眼鬼差從白蹄黑貓的背上竄出，扯著嘴角嘻笑著：「不要這麼絕情嘛！怎麼說我對妳也是有救命的情份在，我來找妳說個話應該不算過分吧？那天我好不容易等到妳來醫院，但妳卻帶了這麼大的氣勢和脾氣，我猜連當時在場的唐山也隱約讓了妳三分，就憑我這麼一個小鬼差，怎麼可能靠近得了妳？後來妳又一直躲在我去不了的冥幽城，想見妳一面、跟妳說說話還真難。」

「所以呢，見到我，你想說什麼？」吳沙華問得冷淡，一見到獨眼鬼差就厭煩的感覺，還是不曾變過。

「喔——剛剛說到我對妳有救命的情份在，妳是不是沒有聽清楚啊？」獨眼鬼差刻意揚高、加強的音調，讓這些話聽起來更令人討厭了。他隨手騰空一抓，就抓住了吳沙華的心臟，接著毫不客氣地要求著：「妳的心臟在我手裡，應該記得妳還欠我一件事沒做吧？我要妳替我殺了唐山。」

吳沙華這時才對上了獨眼鬼差的視線，雖然感到荒唐，但也不忘提醒：「你說這種事可能嗎？他可是唐山！」

獨眼鬼差不禁幾聲輕笑，「憑唐山能追著妳跑，還能為了妳不顧一切鬧翻黃泉，哪有什麼不可能的。唐山為什麼要處處維護妳，為什麼要追著妳不放，這些我不知道也不在乎，我只要知道他很要緊妳，會一直出現在妳的面前，會一直在妳的身邊徘徊，而妳也會有很多可以對他動手的機會，這樣就夠了。」

「我吳沙華不過是個付喪神，在冥幽城不是什麼大人物，在黃泉又只是個被鬼差追殺的垃圾，你想用我的心臟去換唐山的命，是不是太瞧得起我了？再說，我要不要得回心臟，對我付喪神的身分一點影響都沒有，我為什麼要冒險替你去殺唐山？」

「妳的身體在醫院，而且還活著不是嗎？」知道手裡握著的把柄並不一般，獨眼鬼差就越說越自信，「妳的確是付喪神，但卻是一個與眾不同的付喪神，只要妳的身體還在，妳就還有機會可以變回生人，不過靈體要回到身體這件事本來就沒那麼簡單，要是再加上靈體缺了心臟、不完全，那就更難了。妳要當付喪神還是生人、這顆心臟對妳來說重不重要，或者用一顆心臟能不能買動妳去殺了唐山，我都無所謂，反正這樁交易對我來說可有可無，唐山死了對我有利，唐山不死對我其實也沒差，可是如果妳想要回心臟，就只能照我說的去做。」

眼見獨眼鬼差步步逼近，吳沙華也適時退後保持距離，「為什麼想殺唐山？」

「黃泉雖然是唐山管的，但他大事罰、小事也罰，專制難搞又不通情理，不知道已經得罪了多少人、累積多少怨氣了。趕上這次他為了妳鬧得烏煙瘴氣，自己帶頭破壞規矩，想要拉下他、殺了他的人多得讓妳想像不到。」獨眼鬼差看似正常的眼神中，卻暗藏著難以捉摸的狡詐，「唐山沒命是遲早的事，但如果妳能幫我殺了他當然是最好，這樣，說不定黃泉就是我的了。」

「唐山能力好、有本事，你們卻說他礙眼，是好是壞都分不出來，只會不停抱怨，難怪閻王會把黃泉交給唐山。」吳沙華隨後忍不住一聲嗤笑，輕蔑地說：「就憑你也想吞下整個黃泉，根本作夢！唐山我殺不了，也不會殺，那顆心臟我不要了，你高興就留著，不高興就扔了，不要再拿心臟來跟我談條件了。」

雖然先前說得滿不在乎，但獨眼鬼差的貪心還是不允許吳沙華就這麼放棄交易離開。他將心臟高高舉起，遞到吳沙華面前，「妳不要妳的心臟不要緊，但這是妳答應過我的事，那天要是沒有我，妳去不了冥幽城，早就死在黃泉了。」

吳沙華冷冷一笑，「我冥幽城去都去了，活都活了，現在連心臟也擺明不要了，我不幫你做事，你又能拿我怎樣，難道你有本事逼我再進黃泉嗎？」接著臉色一沉，盯著獨眼鬼差說：「滾開，跟你說話是在浪費我的時間，以後少來煩我！」

高傲挑釁的刺激，再加上吳沙華跨著大步，就這樣大膽地直接穿過他的身體，讓獨眼鬼差不禁呆愣了數秒。他的雙眼隨著高漲的氣憤越瞪越大，整個人突然變得瘋癲，笑得可怕，「哈哈……妳不會不要妳的心臟的！總有一天！總有一天妳一定會回來求我的！」

醫院的自動門一闔，彷彿就把獨眼鬼差引起的瘋狂和不安全都隔絕了，吳沙華不再去想獨眼鬼差傳達的隻字片語，只是逕自上了九樓，進了病房。再次看到躺在病床上的自己，她還是忍不住發愣多看了幾眼，直到回過神才發現病房裡誰也不在。

吳沙華慢慢走到病床邊，伸手一一撫過那些用來維持自己生命的儀器，她看看儀器上頭的數據呈現的穩定和規律，又轉頭看看躺在病床上那個動也不動的自己，心裡的感受五味雜陳，不明白眼前所看到的自己究竟是還活著，還是已經死了。

這時，病房的門被推開了，一個輕盈小心的腳步聲也隨之而起。腳步聲的主人用雙手抱著一大束擋住視線的花，一步一步緩緩地走了進來，並在病床前停下了腳步，雙手忽地向下一撒，由著花束稍稍落到胸口的位置，讓一雙眼睛能好好地、完全地映入吳沙華的樣子，同時也忙碌地確認著一旁平穩運作的儀器。

「妳今天還活著，真是太好了！」那個人臉上的笑，和手上的花束一樣美麗。

「……書恆。」吳沙華原本以為一心只想找尋執念的自己，已經不那麼在意魏書恆了，但當她將魏書恆的名字輕輕喚出口之後，忍不住放鬆的情緒，還有下意識揚起的笑、滿眶的淚水，都一再地證明著她內心的波動。

原來不是不在乎，只是不在眼前的，總會隨著時間不自覺地淡去，讓人誤以為沒那麼重要了。但事實上，某些人事物所代表的重要，永遠都很重要，無法輕易被取代，更無法抹滅。

魏書恆一邊整理手上的花束，一邊說著：「給妳的！媽媽怕妳整天在醫院聞藥水味會不舒服，所以要我買花過來。這些花都是我挑的喔，味道還喜歡嗎？不喜歡也沒辦法，只好等妳醒了再自己去挑一束喜歡的了！」

吳沙華聞著淡淡的花香，搖著頭說：「不用了，你替我挑的已經是最好的了。」

花束整理好了之後，魏書恆就拉了張椅子一屁股坐下，動作熟練得像是一種習慣。他托著腮幫子，手肘杵在床邊，直勾勾地盯著吳沙華看，「看來昨天說過的話，我又要再說一次了。妳不要嫌我煩喔，以前都是聽妳說別人要走的時間，很準又不會出錯，所以什麼都不用擔心，只要在時間內能趕上告別就好，可是現在我不知道妳什麼時候要走，也不知道到底什麼時候才算是和妳真正的道別，只好每見妳一次就道別一次。」

魏書恆忽地一嚇，又急著解釋：「我的意思不是希望妳死喔！可以的話，最好是妳自己醒來告訴我，妳失蹤的這幾天到底發生了什麼事，又到底為什麼會在入酆河溺水，被人送到醫院來。不過這當然是我預想中最好的情況，畢竟都已經過了這麼多天了，妳身體的負荷一定很重，在精神或意識上可能也有什麼不願意醒來的想法。沙華，我是絕對不會也絕對不想自私地要求妳一定要醒來的，如果妳還有知覺，覺得現在這樣實在是太痛苦了的話，那妳就走吧！好嗎？」

那些言語穿過吳沙華的耳膜，全都化作了魏書恆的溫柔和愛惜，她靜靜地聽著，也靜靜地哭著。

❖ ❖ ❖ ❖ ❖

魏書恆做了個深呼吸，開始說起每次來到這個病房，都要對吳沙華說過一次的話，「我跟爸媽談過妳離開的事，爸爸跟我的想法差不多，但媽媽的話……妳也知道她對這種事很抗拒，她不想讓妳走，一有空就買了很多要給妳的東西往家裡放，嘴邊常常說那些東西只要等妳醒了、回家了就可以用了，一直在逃避妳可能沒有辦法醒來的事實。但妳也不用擔心，就像我剛剛說的，如果妳真的很痛苦，那就放心地做決定，我和爸爸會好好照顧她，會好好跟她說明，等她想通了、理解了，一定也會知道妳做的決定都是對妳最好的決定，到時候就會慢慢好起來的。」

交代好了父母，魏書恆的態度一轉輕鬆，賊賊地笑著說：「再來我要講學校的事囉！可是在學校妳最擔心的人應該也只有我了吧，因為妳根本就沒朋友啊！哈哈……」開了個玩笑，魏書恆又百感交集了起來，「你們班那些整天對妳看得到鬼的事指指點點的人，聽說前幾天有來看過妳，不知道妳有沒有看到他們？媽媽說他們很擔心妳，連考試要用的、上大學需要的資料，他們都幫妳準備了一份，說是怕妳醒來之後會趕不上進度，會考不上妳想要的大學。那些人平常看起來嘻皮笑臉、討人厭，但好像多少也都有在注意妳，知道妳想要考的大學不好考喔！」

吳沙華略感意外地一聲哼笑，的確就像魏書恆說的那樣，在學校裡，她最在乎、最擔心的就只有魏書恆一個人而已。班上的同學覺得她怪，用冷眼看她、竊竊私語，或者動不動就是冷嘲熱諷，她都已經很習慣了，可是當她一出事，那些人竟然會一窩蜂地跑到醫院來看她，替她的未來著想，還真是讓人意想不到。

「沙華，妳還記不記得當初妳說我要走了，我們一起坐在陽台說的話？」魏書恆一說起與吳沙華之間，目光就變得非常溫暖。

即便魏書恆什麼都聽不到，吳沙華還是輕輕回應：「記得。」

「那時候我問了很多妳能看到鬼的事，是想要聽妳說一些妳沒講過的事，記得一些和妳的生活最有關的事，因為我怕我不問，就再也沒有機會聽妳說，再也沒有機會知道妳對這件事是怎麼想的了。可是現在，我們面對的情況雖然相同，但立場卻完全相反了，我怕妳有什麼想做卻沒能做的事，會讓妳留下遺憾、沒辦法放下，所以試著去想妳這些年究竟都做了什麼、對什麼感興趣、還想要做什麼？」魏書恆難過地垂下眼，一臉茫然，「只是這樣認真一想啊，我才發現我不夠了解妳。我不知道妳喜歡什麼、想做什麼，因為一直以來我都只看著妳為了別人的生死在煩惱，從來都沒有真心為自己做過什麼。」

吳沙華閉上了眼睛，用盡全力地抿著唇、握緊拳頭，才稍稍抑制了渾身蔓延的顫抖，「一直以來，我都流連在別人的生死之間，總是不斷地提醒別人，盡可能不讓誰在活著的時候留下遺憾，可是你知道我為什麼要這麼做嗎？因為我是付喪神，一個明明想死，卻又不甘心死掉，就這麼被這層執念反覆束縛的付喪神。」

「有時候我會想，這些年我一直支持著妳做這件事，是不是錯了？雖然我是因為妳想要做這件事，所以才願意支持妳，可是我怎麼就沒有想到，這件事剝奪了妳太多的時間、太多的人生，怎麼就沒有想到，只要妳一直抓著這件事不放，就沒有辦法去做自己真正想做的事呢？」魏書恆愧疚得癟起嘴，連要抬頭面對吳沙華都覺得難堪，「對不起，是我的錯，如果我的支持能用在讓妳更自由、更快樂的事上就好了。」

吳沙華不停地搖著頭，「書恆，你沒錯。我是付喪神，我所做的一切，你所支持的一切，都是在我的執念之中最想要做的事。我想要填補我的遺憾，我拼了命地去填補我的遺憾，可是不管我怎麼彌補、怎麼讓別人不後悔，我都沒有辦法挽救我的後悔！因為我後悔的不是曾經發生過的事，而是在未來根本就來不及發生的事。我和我的爸媽、我的生活、我的人生，在那場車禍之後，就再也不可能變成我想要的樣子了！」

消極的情感漸漸將吳沙華包圍，讓她的眼神不由得變得空洞，「所以我矛盾、我後悔，我想就這樣和我的爸媽一起死去，但又對我和我的爸媽還未經歷過的生活充滿不甘，於是在生死之間拉扯的我，終於變成了一個醜陋到連自己都難以置信的『東西』了……」

沒聽見吳沙華說的半句話，但魏書恆卻像是在表達和吳沙華之間的默契一樣，總是會刻意不說話，放任病房陷進一陣安靜裡，保留了一些給吳沙華說話的時間。他想像著這些話會如何進到吳沙華的心裡，想像著吳沙華會做出怎樣的回應，又，想像著吳沙華此刻的表情和心情，想像著吳沙華若是能開口，那就好了。

不過，無論魏書恆怎麼等，還是等不到吳沙華開口，還是聽不見吳沙華的聲音。魏書恆也不在意，只是放下想像，眼神變得有些調皮，還刻意壓低音量說著：「偷偷告訴妳喔，媽媽很討厭我一直跟妳說這種話，她覺得我說這些好像是在詛咒妳死，或者是已經確定妳會死了，可是我不這麼想，因為我知道妳也不這麼想，對吧！妳最討厭那種明明知道還有時間，卻怎樣都不肯好好道別的人，也動不動就愛說『有些人連道別的機會都沒有』。沙華，妳這句話在說的，其實是妳自己吧？雖然妳總是說妳早就忘了車禍的事了，可是妳一直以來都很在意妳和妳爸媽分開的事，所以才會這麼說的吧。」

吳沙華一邊流著眼淚，一邊聽著，她並不否認過去那些不自覺的言語，都是來自她對車禍、對父母而產生的執念所造成的，只是在情緒上、心境上還是難免對現狀感到疑惑。畢竟就算她明白了魏書恆的道別，魏書恆也沒有辦法得到她的回應，這樣單方面不公平的道別，對她和魏書恆來說，就真的算是道別了嗎？就真的能夠讓彼此都不留遺憾了嗎？

「我呢，不想變成妳討厭的那種人，所以選擇和妳好好道別，但真的打定主意之後，我才知道這件事沒有想像中的那麼容易。沙華，妳記得妳曾經說過，如果道別只能說一句話，那麼應該要說什麼才好嗎？那時候我還笑著說我們之間的道別怎麼可能只說一句話，可是現在我好像有點懂妳的意思了。」魏書恆輕輕握著吳沙華的手，一張臉難掩憂愁失落，「妳現在昏迷不醒，我說的話我就當妳都聽見了，但如果哪一天機器上的數字不再正常，在妳決定離去的瞬間，就『那一瞬間』，我應該要跟妳說『哪一句話』當作道別才好，我應該要說什麼，才能讓妳在這麼多的道別中，還清楚地記得我呢？」

最後，魏書恆輕聲一句：「沙華，妳要走了，不會醒了對不對？」

雖然是問句，但魏書恆卻說得格外肯定，這一句話聽在吳沙華的耳裡，又挑動了她的情緒，讓她淚流不止。誰說魏書恆不了解吳沙華呢？魏書恆一定是這個世界上最支持她，最了解她的人，而且與她之間的感應也一定非常地強烈，所以才會說出那樣的話，才會急著與她道別，才會……捨得放手。

「書恆，道別好難……」吳沙華哭得無法自己，脫口而出的是那天在陽台上，她最想跟魏書恆說，卻始終沒能說出口的話。只是這句話現在看來，不管是由魏書恆對她，或者是由她對魏書恆，所理解、感受到的都是一樣的。

❖ ❖ ❖ ❖ ❖

夕陽西下的時刻，黃泉之門大開，各方鬼差都守在門口，靜靜地等待著跟隨百鬼遊行而來的亡者，只是在這其中，有個特別突出的東西混了進去，引起了眾鬼差的注意。它挾帶的氣勢又強又弱，表現出來的氣息也是恍忽不定，不但讓人難以捉摸，更讓人難以判斷它究竟是什麼，而這個無法被所有人看透的「東西」，居然毫不避諱地踏進了黃泉之門。

一票鬼差都在混亂之中尋找那股詭異感的來源，可是在他們真正找到它之前，有個人卻先闖進了他們的視線，並且一把抓住、領先所有人揪出了那個「東西」。

那個人就是唐山，而被唐山抓住，其存在讓人難以言喻的，則是吳沙華。

三入黃泉的吳沙華，眼神空洞得看不見任何東西，纏繞在她身上的業火將她撕裂得更加深刻明顯，整個人破爛得彷彿隨時都會消散一樣。此刻的她依舊是個付喪神，但和先前相比，似乎剝去了一層付喪神為執念所操控的戾氣，現在還遺留在身上的，都只是些殘破不堪的碎片了。

見付喪神進黃泉，照道理來說應該又會是一場追殺圍捕的騷動才對，但吳沙華的前方有唐山擋著，縱然那些鬼差知道這件事以立場來說，唐山絕對是有錯的那一方，可是憑他們再想爭功，也不敢輕易和唐山作對。

唐山把吳沙華送進有木箱子在的那個房間裡，順手甩上了門之後，就渾身散發著駭人的壓迫感，瞪著一雙眼睛不滿地說：「我是看妳已經知道妳的執念是什麼，所以才給妳時間去整理，怎麼去了一趟醫院之後，就跟著百鬼遊行進黃泉了？我是要妳來找我沒錯，但不是用這種方法！」

「反正都要進黃泉了，用什麼方法有差嗎？」吳沙華坐到木箱子上，側著身體躺下，蜷縮了起來。她無神的眼睛總是濕潤，「你要我去找執念、放下執念，目的是想要送我回陽界，可是當我找到執念、放下執念之後，我就只想要這樣死去，不想再回陽界了。」

「妳說妳放下執念了？我問妳，妳現在是不是還是覺得很痛苦？真正放下執念的付喪神，就跟一般的亡者沒什麼兩樣，在踏進黃泉之後是不會感覺到任何疼痛的！妳要是不信，那就看看這個。」唐山一把握住了吳沙華的手腕，要她好好看著自己漸漸模糊透明的手掌，「妳自己看！黃泉對付喪神的侵蝕並沒有停止，這就是妳還沒有放下執念最好的證明！」

可是吳沙華卻忽地坐起，還用力地甩開了唐山的手，激動地咆哮：「我說放下了就是放下了，我說我想死就是想要死！當年那場車禍造成的執念，不就是要我在生跟死之間做出決定嗎？我現在要死！我決定要死！我願意放下所有的執念，只要能夠死——」

唐山也惱了，一個勁地大聲斥喝：「妳沒有放下！這不是妳想要放下的意思！再說妳明明就能活，妳很清楚我一定能把妳送回陽界，妳一定能活下來，為什麼不活？為什麼不活啊！」

「你想要送我回陽界，那是你的意思，是你想要我活，不是我自己想要活！你記不記得我第一次進黃泉，你說只有自己踏進黃泉、有心遁入輪迴的付喪神，和黃泉之間的關係才會重新連結，那時候整個黃泉的鬼差都收到了我的死訊，這代表什麼？代表在那個時候，我就一心求死了不是嗎——」吳沙華說著說著，把矛頭指向了唐山，怪起了唐山，「我說你到底為什麼非得要送我回陽界不可啊？我沒有陽神！我的陽神早在十三年前就跟著我的爸媽走了！你現在送我回陽界有什麼意義，有什麼意義啊？沒有陽神的我根本就不能算是『人』，就算真的回到了陽界，我還是只能跟從前一樣當個付喪神啊！」

吼得聲嘶力竭之後，吳沙華既無奈又委屈地訴說：「你知道嗎？我的爸媽死了，我的爸媽死了啊！我寄宿在書恆家的一切是多餘的，全都是多餘的！他們不需要我，不應該為了我去動搖他們的生活、動搖他們的人生！就連他們現在在醫院為我掉的眼淚，也本來就不應該是他們要去承擔的！你知道嗎？」

「妳第一次進黃泉，鬼差們會知道妳的死訊，的確是因為妳的執念在生死的拉扯上造成的，但那時候妳仍舊是個付喪神，仍舊被黃泉剝奪侵襲，這就是妳執念未解最好的證明。也就是說，選擇死亡根本就不是妳的本意，根本就不是妳真心想要放下的執念！再來，要說到魏家人對妳好不好，是不是真心的份上，這些細節妳難道都看不出來嗎？妳對他們來說算不算是多餘，他們願不願意為了妳去動搖生活、動搖人生，願不願意連妳的一切一起承擔，這些妳都給我自己回去陽界問個清楚，少在這裡自己說了算，還想盡辦法否定別人對妳的好，否定妳自己！還有，妳要陽神是不是，我給妳！」

唐山把吳沙華從木箱子上拽了下來，伸手在完全找不到接縫、憑誰也無法輕易打開的木箱子上輕輕一劃，上頭的木板竟立刻裂出了一條大縫。他將手伸進裂縫中，向上使勁一扳，就把木箱子上層的木板完全掀了開來。

在木箱子打開的瞬間，一直躲藏在裡頭的人映入了吳沙華的眼中，讓她忍不住一愣，直到那個人也抬起頭和她四目交接的時候，她才緩緩吐出：「這是……我嗎？」

中空的木箱子中，裝著十三年前，當時不過年僅四歲的吳沙華，也就是吳沙華一直以來最欠缺的陽神。四歲的吳沙華有著一雙清澈的雙眼，她笑得天真無邪，笑得沒有煩惱，笑得彷彿還帶著當年和父母一起出遊的喜悅。

「那年妳在生死之間徘徊不定，導致妳的陽神決定脫離身體，和妳的媽媽一起離開。這麼多年過去，我一直不去找妳，是因為我不想要干涉妳，不想讓付喪神的身分破壞妳的人生，可是現在情況變成這樣，沒有我、沒有陽神，妳絕對沒有辦法回去陽界，所以我不得不插手！」

唐山一個深呼吸，勸著：「既然妳都找到了執念，那就趁現在快點放下執念，帶著陽神回去陽界，用剩下的時間好好去過妳真正的人生。」

吳沙華一個癱軟，無力地跌坐在地，她低下頭，消極地說：「就算有了陽神也沒有用，不完整的靈體連身體都回不去，又怎麼有辦法可以回到陽界。」

唐山緊緊皺眉，嚴肅地追問：「這又是什麼意思，什麼叫作不完整的靈體？人體三魂，元神、陽神、陰神，妳現在全都有了，怎麼會不完整？」

不知道是因為感到絕望，還是知道唐山一定會發難，吳沙華說得特別徬徨小心，「獨眼鬼差……拿走了我的心臟。」

「啊？」唐山不自覺地一聲驚呼，在愣了半晌、翻了幾個白眼之後，忍不住放聲大罵：「妳溺水的時候，腦子是不是跟著進水了啊？一個付喪神怎麼會笨到去和鬼差交易，而且還交出了自己的心臟，我真的是要被妳給氣死了！」

「交出心臟和交出身上其他的東西有什麼差別嗎？反正都要給、都會缺，只要給了一樣、缺了一樣就回不去陽界。」吳沙華用斜眼瞥著唐山，抱怨著：「會發生這種事也是因為你把我一個人丟在黃泉啊！那時候情況緊急，黃泉所有的鬼差全都向著我撲來，不靠他、不做交易的話，我根本就逃不出黃泉，根本就去不了冥幽城。」

一聽到說明，本就不滿的唐山更不高興了，「居然還敢頂嘴！和鬼差交易、交出心臟就是不對，尤其對象還是毫無信用可言的獨眼，擺明就是不要命了！」

只管挨罵的吳沙華這下也厭煩了，她冷冷地控訴著：「你不也曾經把我打暈，從冥幽城硬是拖回來黃泉嗎？我和獨眼鬼差交易是為了保命，但你對我做的卻是想要了我的命。也不想想我是付喪神，你這麼對待我，難道腦子就很清醒、就是對的、就有人性可言嗎？」

「閉嘴！給我在這裡好好待著，等我回來！就算整個黃泉燒了，也不要離開這個房間半步，明白嗎！」唐山在理直氣壯地壓制之後，頭也不回地走了。

「黃泉什麼地方，有這麼容易說燒就燒嗎？」吳沙華不屑地嘀咕著，但眼見唐山走遠，還是急著揚聲問：「你去哪？」

「還能去哪，當然是去找妳的心啊！」唐山雖然略略帶著怒氣應著，但誰都看得出來他有多在乎吳沙華的那顆心。

吳沙華當然也看出來了，她望著唐山的背影，輕輕地眨著眼，湧上胸口的感覺交錯複雜，甚至充滿了不解。認真說起來，唐山實在不需要為了一個付喪神這麼拚命，更沒有任何可以不顧一切去保護一個付喪神的理由，可是站在她面前的唐山，卻永遠都像座屹立不搖的大山，替她擋風遮雨，替她排除萬難，在這背後的原因，究竟是什麼？

❖ ❖ ❖ ❖ ❖

純白的建築鋪上了一層混沌不明的灰，環繞在周遭的陰暗既龐大又危險，點點滴滴都顯現出了獨眼鬼差的自信和挑釁，只是唐山既然能邁著大步而來，那就表示他根本不把這點把戲和傲氣放在眼裡。

唐山毫不顧忌地闖進了醫院，一下子就在偌大的醫院裡找到了獨眼鬼差的所在處，他也不浪費時間，劈頭就說：「趁能好好說話的時候把沙華的心臟交出來，非要耗到我動手搶的話，場面恐怕就沒那麼好看了。」

獨眼鬼差笑得輕佻，一伸手就把吳沙華的心臟握在手裡，悠哉地說：「知道遲早有人會來跟我要回這顆心臟，只是沒想到沙華不來，唐山倒是來了。可是唐山，你的著急是不是用錯地方了，沙華自己都說她不要這顆心臟了，你替她急什麼？」

「我看你也是挺急的啊，沙華自己都說不要這顆心臟了，你還抓得這麼緊，肯定是真的很害怕沒有人來找你要回這顆心臟吧！」唐山凝著雙眼，板起了臉，「你和沙華之間有什麼交易，我沒有興趣，沙華自己不要心臟，那也是她的事，但這顆心臟我要定了，我今天一定要帶走。如果我話都已經說成這樣，你還是不想給的話，那等一下你會變成什麼樣子，我就不能保證了。」

「看來沙華沒有告訴你吧！我跟沙華說好了，只要她殺了你，我就把心臟還給她，但你知道她說什麼嗎？她說她殺不了，也不想殺，還要我把心臟扔了，不要再拿心臟去和她談條件，你們的感情真是好到讓人羨慕啊！」獨眼鬼差舔了舔唇，露出了一副勢在必得的樣子，狡詐地說：「可是交易就是交易，說好的條件就是這樣，既然沙華的心臟對你來說這麼重要，那你要不要用命來跟我換沙華的心臟呢？」

「那是沙華和你之間的交易，跟我沒有關係，你別想把什麼說好的條件套在我身上，也別想藉機跟我談任何條件，因為就憑你，還不夠資格。」唐山的臉色越來越難看，散發的氣勢也逐漸變強，「我沒有耐心，同樣的話不要讓我說第二次，不交出心臟，我就要你在黃泉再死一次。」

「就算黃泉在你的手上，也不代表你可以隨便殺了鬼差，要是讓閻王知道了，你以為你能全身而退嗎？」雖然依舊滿口威嚇，但獨眼鬼差明顯受到了動搖，已經不再那麼從容了。或許是覺得這些話對唐山起不了作用，也或許是想為自己多圖些保障，他乾脆心一橫，稍稍使勁捏著手中的心臟，「你要是不聽我的話，再威脅我，我就立刻捏碎沙華的心臟！看看是我丟了命比較吃虧，還是你帶不走沙華的心臟比較吃虧！」

「是嗎？」連喘息的時間都嫌多餘，唐山已經站在獨眼鬼差的身後，手爪不但掐著他的脖子，尖銳的指甲更是深深陷進了他的皮膚，幾乎都快要滲出血了。唐山用冰冷的語氣說著：「從現在開始，你的肌肉只要出現一點點顫動的跡象，我就會掐爆你的脖子。不信的話，可以親自領教看看我唐山的本事，看看是你掐碎心臟的速度快一點，還是脖子斷在我的手上更快一點。」

但唐山打從一開始就沒有想要承擔任何風險，獨眼鬼差幾根手指連動都沒動，不過是還想要開口說話，稍稍挑動了臉頰，唐山的利爪就立刻翻黑，狠狠地插進了他的喉管，讓他再也說不出話了。獨眼鬼差的靈體一淡去，吳沙華的心臟就直直落下，唐山則是趕在心臟落地之前，一個伸手俐落地接住，並在得到心臟的同時，瞬間從醫院消失了。

只是帶著心臟的唐山才剛踏進黃泉，數十條黑色的繩索就突然從四面八方襲來，不但將他五花大綁，還用強勁的力道硬是把他拖進了閻王殿。閻王殿裡除了閻王誰都不在，但光憑閻王一個人的氣勢，就足夠讓整個閻王殿充斥著令人窒息的壓迫感了。

閻王纖瘦的身材穿著貼身的迷你裙套裝，腳上踩著細跟的高跟鞋，一張臉濃妝豔抹，看起來非常豔麗，但壞就壞在她那一頭黑色的長髮看起來異常凌亂，大概是被唐山這陣子的所作所為影響，氣得連頭髮都沒有時間好好整理了。

「要你來閻王殿一趟怎麼都叫不動，原來是把心力都放在鬧事上了啊！」閻王站在唐山面前，正用挾帶字句而來的高亢音量表現著她的不滿意。

唐山不以為意地聳聳肩，「整個黃泉只有妳有辦法可以把我拖進閻王殿，妳之前只是叫我來，不動手綁我，現在出了事，難道不算是妳縱容的嗎？」

「之前只是叫你來，不動手綁你，是想給你留點臉面，好歹你也是黃泉的掌事，我不想讓你在眾鬼差面前丟臉。沒想到我給你臉，你居然不領情，現在連鬼差都敢殺，接下來是不是打算拆了我的閻王殿？」閻王瞪著的一雙眼睛充滿殺氣，巴不得即刻就把眼前的唐山大卸八塊。

「妳既然會怕我拆了閻王殿，幹嘛還把我拖進來，這不是擺明拿石頭砸自己的腳嗎？」唐山毫不避諱地對上了閻王的雙眼，有餘地說：「而且說不定還是拿了塊連妳自己都搬不動的大石頭。」

「唐山，我沒空跟你耍嘴皮子，我叫你來是要跟你算帳的！第一、付喪神進黃泉，你不處理，把人放回去冥幽城就算了，為什麼還跑去冥幽城把執念未解的付喪神帶進黃泉，硬是破壞了冥幽城和黃泉之間的安定？第二、你沒事去搶禪釜尚的執念做什麼，還要了禪釜尚的命，你知道這件事會引起冥幽城多大的不滿嗎？第三、你在我眼皮子底下殺了鬼差，是想藉此恐嚇其他鬼差，還是……」閻王的臉色一沉，變得更加陰冷，「想要挑戰我閻王的位子？」

面對閻王的質問，唐山也一條一條給出了解釋：「第一、不是自己踏進黃泉、走黃泉之門而來的付喪神，黃泉一概不管，這條規矩是妳說的。沙華的執念未解，放她回冥幽城是理所當然的事，但硬是把人帶回黃泉，這一點我承認是我的私人因素，妳要罰，我無話可說。第二、我的確是搶走了禪釜尚的執念，不過禪釜尚不是我殺的。黃泉不管付喪神，但鎮山神可沒說不管，妳是閻王，應該比誰都清楚才對。再說，鎮山神說要殺，這時候如果妳說不能殺，黃泉豈不是莫名其妙變成袒護付喪神的立場了嗎？第三、妳說的那些都不是我殺了獨眼的動機，我會殺他，純粹是因為私人恩怨，這件事我也承認，妳要罰就罰吧，我接受。」

「現在不是我要不要罰你的問題，你不要以為我都不知道你在搞什麼鬼，你到底要為了那個孩子鬧到什麼地步？」

一聽閻王這麼說，唐山的態度也跟著放鬆坦然，「妳知道那就更好了。我有為了沙華不得不這麼做的理由，就算賠上我在黃泉的一切，我也沒有關係。」

「為了那個孩子，值得嗎？」閻王凝重的表情中，處處可見怒意。

「我在妳底下，一向都只能聽妳的命令做事，我們之間也從來只有不能違抗的命令，毫無情份可言。」談起和閻王之間的關係，唐山滿是不屑，但一講起吳沙華，他的目光卻多了幾分柔和，「妳知道被人信任是什麼感覺嗎？我受人之託、忠人之事，對我來說，這份相信關係著沙華的性命和未來，她要是沒有我替她撐著的話，就再也活不了了。」

「哼！看盡生死的鬼差，居然在意起一個孩子的死活了！只因為那個孩子看得到你，對你來說就與眾不同了嗎？」閻王感到荒唐地嘲諷著，隨後垮下臉瞪著唐山，「你要是這麼想為那個孩子付出的話，那我就成全你！我要收回你在黃泉所有的權力，還要在眾鬼差面前鞭笞你、凌虐你，讓他們看看你狼狽哀嚎的樣子，最後再關你禁閉、壓千斤，要你在黃泉連一個小小鬼差都不如，再也抬不起頭來！」

沒想到唐山竟一口答應：「可以啊！但這些事七十年後再說吧！等我接到最後一個亡者之後，妳給的所有處罰我全都接受。不過在那之前……」唐山的臉色丕變，氣場一下子就壓過了閻王，甚至還佔據了整個閻王殿，「妳最好別想要動我。我是為什麼能入得了妳的眼、爬到今天的位子，替妳掌管黃泉，我相信妳再清楚不過了。我會不會翻了黃泉，會不會拆了妳的閻王殿，那就要看妳怎麼做了。」

在唐山說完轉身離開的同時，綑綁在他身上的黑色繩索也全數斷裂了。

無計可施的閻王彷彿被唐山掐住了脖子，動彈不得，她只能對著唐山的背影發洩怒吼：

「唐山──」

終　章
在逝去的時間和生命中不曾改變的愛

陽神給了，心臟也從獨眼鬼差的手上要回來了，但吳沙華面對這樣的結果卻一點都不高興，反而還變得更加消極。她整個人蜷曲，倚在木箱子邊動也不動，就連頭也不願意抬起來多看唐山一眼，打從心裡就沒有任何想要回去陽界的想法。

唐山見狀也只是緊緊地盯著吳沙華看，沒有辦法輕易行動，因為他知道吳沙華根本就還沒有放下執念。吳沙華現在還被困在黃泉裡，身上的痛苦仍然沒有停止侵蝕，其靈體的存在意識漸漸薄弱，而且照這樣下去，也只會越來越薄弱，直到吳沙華完全消失殆盡為止。

吳沙華的臉埋在膝間，悶著聲音淡淡地說：「鬧了這麼多事、得罪了閻王，連官都丟了，只為了送我回陽界，你是不是瘋了？」

「事情鬧也鬧了，該得罪的也都得罪光了，丟官也是七十年後的事，我都不在意了，妳在意什麼。」唐山的話刻意說得輕鬆，試圖想要軟化吳沙華的執著。

但吳沙華卻依然發悶，語氣間甚至還多了一些絕望，「你到底為什麼要送我回陽界，回陽界對我來說一點意義都沒有。那裡沒有人需要我，沒有我的容身之處，沒有人會在乎我的人生、我的生死，說不定我還只是一個早在十三年前就應該要死掉的人……」

縱然吳沙華是因為知道唐山被閻王處罰的事，心裡過意不去，但唐山就是看不慣她這種低迷不振的態度。唐山一把抓住吳沙華的手臂，一邊用力地將她整個人拉起來，一邊大喝著：「吳沙華，起來！妳給我起來！妳自己看看妳這是什麼死樣子，妳就知道我是為了送妳回陽界才惹出這麼多事，結果妳還不肯回去，這樣的妳才是真的瘋了！我說妳為什麼不能對我為妳做的一切感到慶幸、心存感激，為什麼不能對近在眼前的未來懷抱希望，為什麼不能為了自己即將到來的全新人生高興啊？」

吳沙華甩開了唐山的手，厭惡地咆哮：「我要對你為我做的慶幸什麼、感激什麼？我有拜託你送我回陽界嗎？我有說我還想要未來，還想要一個全新的人生嗎？沒有！我沒有！所以你少在那邊自以為是，這一切不過都只是你自作主張惹出來的事而已——」

不能動手毆打吳沙華，唐山只好將滿腔的怒火握進拳頭裡，死命地壓抑著，「妳口口聲聲說沒人在乎妳、要緊妳，口口聲聲說不想成為魏家人的負擔，說妳的人生不應該由他們去負責、承擔，但你有想過他們是怎麼想的嗎？沒有！妳只是在逃避，不肯承認、不肯面對，甚至不肯放下心裡的執念！」

「你憑什麼這樣說我，你懂什麼！你到底懂我什麼！你懂我在車禍中不得不失去爸媽，我用這些年拚命去追逐，卻連他們的背影都追不上的痛苦嗎？你懂我這些年寄宿在書恆家，明知道他們都愛我，卻必須保持距離、忽略他們，沒能真的跟他們成為家人的糾結嗎？你懂我直到現在，知道自己是付喪神之後，才明白自己一直蠢到緊抓著爸媽不放，錯過了這些年原本可以跟仕鴻爸爸、雅娟媽媽，還有書恆一起經歷的各種美好嗎？你懂我在錯過和爸媽的道別之後，一直到了現在才終於明白自己究竟有多排斥道別這件事嗎——」這樣的怒吼用盡了吳沙華全身的力氣，她一個屈膝跪下，哭得滿臉都是鼻涕淚水，「一起生活太難了，不如現在就放我走，只要我不回去陽界，書恆他們就不會再感到痛苦了！我真的不想再因為我，讓他們留下遺憾、抱著後悔過日子，也真的不想、不想再和任何人道別了……」

「真正愚蠢的不是一直糾結過去的人，而是明明知道自己錯在哪，也明明知道還有機會去彌補改過，卻自我放棄，怎樣都不肯再選擇前進的人！」唐山單腳跪地，雙手攫住了吳沙華的肩膀，力道大得不容許任何動搖，「妳會變成付喪神，我必需要付一半的責任，所以就算已經過了十三年，我仍然沒有放棄要把妳送回陽界，因為我一定要讓妳好好過完剩下的人生。但妳呢？錯過妳爸媽的遺憾不能彌補，可是對魏家人的愧疚還可以，而妳也有回到他們身邊的機會，為什麼還要在這裡像個廢物一樣，不願意為他們去積極爭取，不願意為他們去做點什麼！」

吳沙華止不住渾身的顫抖，她失控得不停搖著頭否定：「我不要！反正我就是不要他們再為了我難過，我不要！不要——」只是隨著她這麼一嘶吼，她和黃泉之間的矛盾就更加強烈了。黃泉的波動撕扯著她的靈體，讓她的形體越來越透明，越來越虛無。

「沙華！」唐山的手頻頻揮空，怎麼都抓不住吳沙華。

突然，不知道從哪裡傳來了女人的聲音，迴盪在吳沙華的耳邊，「沙華、沙華，到媽媽這裡來！」女人頓了頓，又開口，這次好像是在跟另一個人說話，態度無比地懇切，「……可不可以拜託你替我們保護這個孩子？」

「我是鬼差，妳能見到我就表示我是來要你們的命的，妳居然還想要拜託我保護你們的女兒，難道就不怕我連這個孩子一起帶走嗎？」一個男人的聲音接著傳出，說話的人是唐山。

女人的聲音聽來安定、放心，「就是因為知道你是來帶我們走的，所以才明白我們已經無法再陪著這個孩子走下去了。這孩子還有很長的路要走，我們不能再給她什麼、再為她做什麼，但為人父母，我們別無所求，只希望她不會因為失去我們受到打擊，不會因為失去我們放棄人生，一個人也能夠堅強勇敢地活著。只要她能好好活著，在未來的某一天，肯定也能遇到真心愛她、待她的『家人』！」女人含在眼眶的淚光中，有即將分離的不捨和難過，但更多的卻是希望女兒能安好的情感，「只是孩子年紀還小，一時之間也不能馬上理解這樣的道理，所以我想請你在她快要放棄自己的時候，拉她一把，可以嗎？」

看著女人為了保護女兒所透露的溫柔眼光，唐山沉默了數秒，再問：「我是鬼差，妳憑什麼相信我？」

「你是鬼差，但在我眼裡，你卻是我最後、也是唯一能夠寄託的人了。」女人彎著腰，深深地鞠躬，「我願意相信你，相信你會體諒我們身為父母的心情，會願意替我們保護女兒。」

無論是熟悉的聲音還是意外的對話，都讓吳沙華的眼淚掉得更加厲害。她不敢置信地瞪著雙眼，在這個找不到父母的房間裡四處張望，滿是疑惑地輕聲喚著：「……媽媽？」

唐山深深地吸了一口氣，認真地告訴吳沙華，「妳變成付喪神的事，由我負責，妳剩下的人生，妳的爸媽想要負責，但他們做不到，所以拜託了我。妳不是一直問我為什麼非要送妳回陽界不可嗎？現在懂了吧！真正要送妳回陽界的人不是我，而是妳的爸媽。這是我答應妳爸媽的事，也是妳爸媽在妳的人生中留下的最後一份禮物。」

吳沙華還在沉澱，還沒能完全吸收這些言語，耳邊卻又響起了生硬冰冷、急促不安的機器聲，接著，又是一陣吵雜的對話。只是這次的對話和剛才相比，多了些失控、焦躁，甚至是瘋狂……

「不要！不要！沙華、沙華啊！不要離開媽媽，媽媽求妳，不要走、不要走……」聽著白雅娟撕心裂肺的哭吼聲，彷彿能看見她在病床邊激動哀嚎的模樣。

「雅娟，妳這樣沙華會放不下，不要再讓她痛苦了。」魏仕鴻的聲音聽起來雖然很冷靜，但多少還是參雜了克制不住的悲傷。

隨著儀器發出的聲音越來越刺耳，越來越緊急，比起繼續苦苦哀求，白雅娟更像是怕會來不及一樣，字字句句都感到急迫，搶著時間和吳沙華說：「沙華、沙華！媽媽對不起妳，早知道我們的母女情份只有這樣，媽媽就應該要對妳再好一點！對不起，媽媽愛妳，真的很愛妳！妳知道的，妳能知道的，對吧？下輩子我們不要再這樣見面了，妳直接到媽媽的身邊來吧，好不好？直接來當媽媽的女兒吧！」

或許是因為看到白雅娟的態度轉變，魏仕鴻也帶著一貫的溫柔笑意，從聲音中表現出一種不再掙扎的平靜，送別吳沙華，「沙華啊！謝謝妳當了我的女兒這麼久。對不起我不是一個好爸爸，沒有好好保護妳，讓妳受了這麼多苦，不過別擔心，在爸爸心裡，妳一定是我最好的女兒！記得爸爸愛妳，好嗎？」

相較之下，一直在一旁默默看著的魏書恆，只是淡淡地說了一句：「……沙華，道別好難。」

儘管立場相反，但在道別上，吳沙華和魏書恆感受到的情感，彼此要緊對方的心情卻是一樣的。從白雅娟、魏仕鴻，再到魏書恆，他們說的每一字每一句，吳沙華都聽得清清楚楚，越聽，心裡的糾結就越反覆。

唐山察覺到了這一點，知道吳沙華的靈體和執念還在變化，於是就更堅定地跟吳沙華說：

「這世界很大，但絕對沒有一個人的人生是沒有意義的，某個人的存在和人生，對於某些人來說一定是重要的！妳的爸媽相信妳會走下去，所以在這條路的前方安排了魏家的人在等妳，妳要這樣繼續被執念束縛，還是去擁抱所有人對妳的愛，好好地活下去，由妳自己決定。」

吳沙華縱然哭得抽噎，喘不上一口完整的氣，但還是點著頭，放過了自己，順從了心意，「我想活，我想活……」而在放下執念的瞬間，她也完全擺脫了黃泉的剝奪，渾身自在了。

唐山用一個滿意的微笑，允諾了吳沙華的期望，「那就走吧！去好好過完妳真正的人生吧！」

❖ ❖ ❖ ❖ ❖ ❖

黑夜過去，天又亮了。

吳沙華的病床邊永遠都有人守著，有時候是魏家的人，有時候是來探病的同班同學，有時候甚至還是周石卿。那天吳沙華主動提起了周石卿，把白雅娟和魏仕鴻都嚇愣了，兩個人面面相覷，不知道該從哪裡開始解釋起，但吳沙華什麼都知道，她不需要任何解釋，只想要接受周石卿的道歉，並且原諒周石卿，讓彼此都不再為了這件事愧疚、疙瘩，那樣就好了。

魏書恆推著有吳沙華坐著的輪椅，一路來到了醫院前的庭院，並在一個涼爽、安靜的樹蔭下把輪椅固定好，「沙華，妳在這裡等著，我去對面買妳最喜歡吃的蛋糕，馬上回來！」

吳沙華看著魏書恆跑遠的背影，看著魏書恆奔走過了馬路。而不過就只是當魏書恆過了馬路，她也能輕易地看見魏書恆在對街買蛋糕的身影，這樣的小事，竟讓她的心裡被一陣踏實、安穩的感覺給填滿了。

忽然，救護車挾帶著緊急的笛聲，從吳沙華的眼前快速駛過，停留在前方不遠處的急診室門口。吳沙華跟著轉頭，望著那些慌亂成一片的人群發愣，右手也下意識地伸進了上衣右邊的口袋，從中拿出了一只懷錶，緊緊地握在手中。

從黃泉回來少說也已經有三、五天了，在醫院這種生死交錯的重地，吳沙華竟沒能預知到任何一個人的死亡，而且不要說鬼差，連剛剛逝去的亡者也一個都沒看到，或者該說是她已經看不到了。

吳沙華不自覺地抿著笑，「唐山，你說的『真正』的人生，就是這個意思嗎？我再也不用在生死之間拉扯，再也不用受到執念的束縛，再也不用為了害怕錯過道別的機會，去追逐那些即將死去的人了。」接著她緩緩攤開手掌，打開了錶蓋，看著錶面上明顯加有註記的數字七，還有僅僅只有一根，卻還沒見它移動過半分的錶針，「你會跟閻王要求七十年後再處罰，也是為了要等我，對吧？」

唐山此刻就倚在吳沙華身旁的大樹邊，他看著懷錶上的數字七，給出了吳沙華聽不見的答覆：「對！我答應過妳的爸媽，直到妳生命的盡頭，我都一定會不惜代價保護妳。所以我們，七十年後再見吧！」

（全文完）

BOD Books on Demand

語言文學類　PG1952　SHOW小說25

暮

作　　者 / 柳煙穗
責任編輯 / 洪仕翰
圖文排版 / 周好靜
封面設計 / 葉力安

發 行 人 / 宋政坤
法律顧問 / 毛國樑　律師
出版發行 / 秀威資訊科技股份有限公司
114台北市內湖區瑞光路76巷65號1樓
電話：+886-2-2796-3638　傳真：+886-2-2796-1377
http://www.showwe.com.tw
劃撥帳號 / 19563868　戶名：秀威資訊科技股份有限公司
讀者服務信箱：service@showwe.com.tw
展售門市 / 國家書店（松江門市）
104台北市中山區松江路209號1樓
電話：+886-2-2518-0207　傳真：+886-2-2518-0778
網路訂購 / 秀威網路書店：http://store.showwe.tw
國家網路書店：http://www.govbooks.com.tw

2018年2月　BOD一版
定價：240元

國家圖書館出版品預行編目

暮 / 柳煙穗著. -- 一版. -- 臺北市 : 秀威資科技,
2018.02
面； 公分. -- (語言文學類)(SHOW小說；
25)
BOD版
ISBN 978-986-326-529-0(平裝)

857.7 107000822

讀者回函卡

感謝您購買本書，為提升服務品質，請填妥以下資料，將讀者回函卡直接寄回或傳真本公司，收到您的寶貴意見後，我們會收藏記錄及檢討，謝謝！

如您需要了解本公司最新出版書目、購書優惠或企劃活動，歡迎您上網查詢或下載相關資料：http:// www.showwe.com.tw

您購買的書名：＿＿＿＿＿＿＿＿＿＿＿＿＿＿＿＿

出生日期：＿＿＿＿年＿＿＿＿月＿＿＿＿日

學歷：□高中（含）以下　□大專　□研究所（含）以上

職業：□製造業　□金融業　□資訊業　□軍警　□傳播業　□自由業

□服務業　□公務員　□教職　□學生　□家管　□其它＿＿＿

購書地點：□網路書店　□實體書店　□書展　□郵購　□贈閱　□其他

您從何得知本書的消息？

□網路書店　□實體書店　□網路搜尋　□電子報　□書訊　□雜誌

□傳播媒體　□親友推薦　□網站推薦　□部落格　□其他＿＿＿＿＿

您對本書的評價：（請填代號　1.非常滿意　2.滿意　3.尚可　4.再改進）

封面設計＿＿　版面編排＿＿　內容＿＿　文／譯筆＿＿　價格＿＿

讀完書後您覺得：

□很有收穫　□有收穫　□收穫不多　□沒收穫

對我們的建議：＿＿＿＿＿＿＿＿＿＿＿＿＿＿＿＿

請貼
郵票

11466
台北市內湖區瑞光路 76 巷 65 號 1 樓
秀威資訊科技股份有限公司 收
BOD 數位出版事業部

（請沿線對折寄回，謝謝！）

姓　　名：＿＿＿＿＿＿＿＿　年齡：＿＿＿＿　性別：□女　□男

郵遞區號：□□□□□

地　　址：＿＿＿＿＿＿＿＿＿＿＿＿＿＿＿＿

聯絡電話：（日）＿＿＿＿＿＿＿＿（夜）＿＿＿＿＿＿＿＿

E-mail：＿＿＿＿＿＿＿＿＿＿＿＿＿＿＿＿